그렇게는 안 되지

사노 요코 지음 | **서혜영** 옮김

서커스

그렇게는 안 되지

차례

01

01

안경

"너, 안경에 이상한 게 붙어 있어. 떼."

"무슨 소리야, 이거, 장 폴 고티에야. 이게 없으면 사람들이 고티엔지 모르잖아. 나 있지, 돈 잃고 비참해서 이러는 거야."

"돈 잃어 싸. 욕심 사납게 너절한 고리대금업자한테 돈 빌려준 거잖아. 누가 들어도 보통이 넘는 이자였다니까. 그거 사기니까 그만두라고, 내가 백만 번도 더 말했을걸. 난 동정 안 해."

"자그마치 3천만 엔이나 사기 당했다고. 나 불쌍하지 않아?"

"보통 사람들은 그런 거에 손 안 대."

"그런 소리 하지 마. ……내가 잘했다는 건 아니지만, 세상 에는 이면의 이면이 있는 거야."

"안도 겉도 없어. 서민은 서민답게 검소하게 사는 거야."

"글쎄 이 가느다란 여자의 팔로 아끼고 아껴서 차곡차곡 모은 돈이야. 너무하다고 생각 안 해?"

우리는 같은 얘기를 가지고 벌써 몇 십 번이나 언쟁을 벌였다.

"앞으로는 착실하게 살아. 신경 쓰이니까 안경의 실seal은 떼고."

"절대로 안 뗄 거야. 넌, 네가 돈을 잃은 게 아니니까 몰라."

"난 처음부터 그런 돈 갖고 있지도 않아."

"갖고 있을 때는 기분이 좋았지. 예를 들어, 낮에 노리벤*을 먹어도, 후후후, 나 정말은 이런 거 먹을 몸이 아니라고 하는 마음의 여유가 있었거든. 그런데 오늘은 정말 돈이 없어서 노리벤을 먹었더니 비참해서 눈물이 나오는 거야. 그런 가다랭이포는 대체 어디서 구하는 거지? 그건 차라리 대팻밥이었어. 그 김에서는 김 냄새도 안 났어. 아아, 아무리 생각해도 난 너무 비참해."

"너 이렇게 계속 징징거릴 거니?"

"평생 징징댈 거야. 나 이제 노리벤은 절대 안 먹어."

---

* 밥 위에 간장과 설탕으로 간을 한 가다랭이포와 김을 얹은 도시락.

"지낼 만하면서 뭘 그래. 꼬박꼬박 월급 들어오잖아. 처음부터 없던 일이라고 생각해. 나 봐. 저금해놓은 돈 한 푼 없지만 아무 걱정 없이 잘 살잖아. 있으면 있는 대로, 없으면 없는 대로 지내면 되는 거야. 집도 있겠다, 건강하겠다."

"그건 3천만 엔 잃어본 적 없는 사람이 하는 말이야."

"처음부터 그런 돈 없었으니까, 물론 모르지."

"모르겠지. 아 - 이제 옷도 못 사. 그렇다고 갑자기 수준을 낮출 수도 없다고. 돈 잃고 나니까 헐렁한 면바지 입는 게 싫어졌어. 봐. 오늘은 위에서부터 아래까지 전부 실크로 뺐어. 이것 좀 만져봐. 이 재킷도 실크야."

"너 좀 이상해졌어. 게다가 그 재킷에 그 목걸이는 너무 커."

"아니야. 지금은 가느다란 금목걸이 같은 걸 했다가는 비참해서 견딜 수가 없을 것 같아. 나, 이 정도는 갖고 있다고 사람들에게 보여 주고 싶단 말이야."

"네가 돈을 잃었다고 까발리고 다니지만 않으면 아무도 모르잖아. 전철 안에 있는 사람 모두 남이야."

"그러니까 더 속상한 거야. 내 앞에서 걸어가는 사람이 디오르 정장을 입고 있다고 쳐봐. 그 돈 잃지만 않았다면 저런 정장 몇 백 벌도 살 수 있었는데 하는 생각에 왈칵 눈물이 나는걸. 그러지 않으려면 내가 질까보냐 하고 더 잘 차려입고 다녀야 한다고. 좋은 옷 있으면 나 좀 줘. 난 불쌍한 사람이니까."

"난 브랜드 옷 같은 건 한 벌도 없어."

"그럼 됐고. 어쨌든 나한테 뭘 좀 줘도 좋다고 생각 안 해? 나만 이렇게 사기 당하다니 불공평해."

"네가 자초한 거야. 좋은 공부했다고 쳐."

"아니, 3천만 엔이나 되는 수업료를 내는 공부가 어디 있어?"

"그런데, 그 안경의 실 좀 떼자. 도대체가 그래 가지고는 아무것도 안 보이겠네. 안경 알 아래 부분 반이 실이야."

"이거 도수 없는 안경이야. 아래로 볼 필요 없어. 이게 장 폴 고티에 안경이란 걸 주위 사람들이 알게 해야 해."

"요즘엔 스무 살 애송이도 그 정도 안경 끼고 다녀."

"뭐, 정말?"

"마유미가 찬 시계는 60만 엔이래."

"이제야 알 것 같아. 정말로 돈이 많은 사람은 사람들 앞에서 일부러 궁상맞게 굴어. 반면에 번쩍번쩍 꾸미고 있는 사람은 실제로는 돈이 없는 거야. 돈이 없기 때문에 허세를 부리는 거야. 마유미도 그 시계 월부로 샀을걸. 눈에 확 띄는 차림새도 실은 궁색한 사람을 위해 있는 거야. 난 이제 알 것 같아. 그런데 이 접시 어디서 샀어? 비싸 보이네. 너, 정말은 돈이 있으니까 아무렇지도 않게 이런 접시 쓰는 거지. 짜증 나."

"무슨 소리야. 그거 너랑 같이 우에다 골동품가게에서 샀잖아. 너도 갖고 있을걸."

"그랬나? 나 어디다 잘 챙겨 넣어뒀을 거야. 그때는 나 아직 3천만 엔 있었으니까 뭐든 꼭꼭 아껴두고, 후후후, 나 부자니까 하면서 우쭐했었어. 좋아, 오늘부터 나도 그 접시 꺼내서 써야겠다. 너, 정말로 돈이 없는 모양이구나. 챙겨 넣어두지 않는 걸 보니."

"잠깐, 나를 너랑 같은 인간으로 취급하지 마. 나는 쓰고 싶은 것을 살 뿐이야. 쌓아두는 것은 내 방식이 아니야. 망설이지 않고 사 쓰니까 저금도 없어. 그러니까 아무도 나한테 사기를 치거나 하지 않아."

"몰라. 세상 사람들은 냉정해. 내가 3천만 엔 사기 당했다고 하면 동정을 하는 게 아니라, 백이면 백 모두가, 엥? 너 그런 돈을 가지고 있었어? 몰랐는데 하면서 시샘을 하는 거야. 그러고는 자기도 사기 당할 만큼 큰돈이 있었으면 하고 말하는 거야. 왜 그런대? 질투하는 걸까?"

"글쎄, 나는 3천만 엔은 실감이 안 나서 모르겠어. 하지만 전부터 네가 욕심쟁이라는 생각은 했었어."

"더 이상 욕심 안 부려. 욕심도 그럴만한 종자돈이 있을 때 부리는 거야. 난 더 이상 종자돈도 없어."

"울어도 소용없어."

"냉정하구나."

"그게 뭐니? 주머니를 떨어뜨렸잖아."

"아아 큰일 날 뻔했네. 이거, 내 귀중품 전부야. 이걸 몸에 지니고 다니지 않으면 마음이 안정이 안 돼."

"뭐라고? 이걸 항상 갖고 다닌다고?"

"그래. 나 아직 이 정도는 있다고 생각하면 비참하지 않거든. 그래, 반지는 껴야지. 이건 엄마가 준 루비고, 이건 옛날에 도바(鳥羽)에 갔을 때 산 가장 큰 진주. 이건 에메랄드야. 미국인 부자 할머니가 유품으로 준 거."

"그걸 다 껴?"

"응. 어때? 가난하게 보이지 않지?"

"왠지 천한 졸부 같이 보이는데."

"천해도 좋아. 궁상맞게 보이고 싶지 않아."

"아-아- 그러니까 말했잖아. 봐봐, 해수욕장에 빨간 깃발이 서 있어. 여기서부터 더 가면 위험합니다, 하고 알려주는 거야. 그런데 너는 가면 안 된다는 말을 듣고서도 멋대로 빨간 깃발 너머로 갔다가 물에 빠진 거야."

"그건 그래. 하지만 너무하잖아. 그렇게 사기를 치다니."

"저기 있잖아, 자꾸 말해서 미안한데, 안경 실 좀 떼지 않을래?"

"절대로 안 떼."

♦♦♦

그 사람

나는 철이 들었을 때부터 하루도 나 자신의 용모를 의식하지 않으며 지낸 적이 없다. 네 살 때부터 아름다운 여자아이와 그렇지 않은 나라는 존재를 알고 있었다. 어른들이 내 옆의 마키코를 봤을 때 어떤 눈빛을 하는지, 그러다가 나에게 시선을 옮기면 그 눈빛이 어떻게 약해지는지 알고 있었다.

난 예쁜 아이가 되고 싶었다. 네 살 때부터. 한순간만이라도 마키코처럼 되고 싶었다. 그래서 아무도 없을 때 거울 앞에 서서 예쁜 아이의 흉내를 냈다.

초등학교에 들어가서 친구를 집에 데리고 오면 어머니는 말했다.

"걔, 예쁘더구나."

난 마음속에서 움푹 움츠러들었다. 엄마는 내가 예뻤다면 분명 굉장히 기뻤을 거야.

아버지가 누군가의 부인을 "학처럼 늘씬한 여자야"라고 말한 적이 있었다. 어머니는 밥을 먹다 말고 언짢은 말투로, "네에, 네, 나는 멧돼지 같고요" 하고, 학처럼 아름다운 여자의 흉을 봤다. 난 어머니가 싫었다. 글쎄 내가 보기에도 그 사람은 정말 쭉 뻗은 것이 예뻤는걸. 난 언제까지나 그 사람을 바라보고 싶었는걸.

아버지는 아무렇지도 않게 내 친구에 대해서, "그 애는 얼굴이 못생겼더구나. 앞으로 살아가는 게 엄청 고달플 거다"라고 말하곤 했다. 난 아버지도 싫었다. 그렇지만 난 친구라도 예쁜 아이인 쪽이 좋았다. 나랑 비슷한 정도면 그래도 낫다. 나보다 예쁘지 않은 아이에게는 짜증이 났다. 난 예쁜 아이가 좋은데, 예쁜 아이를 봐도 짜증이 났다.

난 예쁘지 않은 대신 공부를 열심히 했다. 공부를 잘하는 아이는 잘났으니까. 난 조금 큰 어린 시절, 예쁘지도 않고 공부도 잘하지 못하는 아이를 마음속으로 깔보았다.

조금 더 커서 '소녀'라고 불릴 시기에, 나는 그저 그 또래의 다른 여자아이들과 다를 바 없이 생각하며 살았다. '소녀'라고 불리려면 '소녀'같이 예뻐야 한다, '소녀'란 타인의 눈이 만드는 것이다, 라는 걸 알게 된 거다. 그래서 그때도 나는 나 자신의 용모를 잊고 지낸 적이 없었다. 단 하루도.

더 커서, 난 연애란 예쁜 사람만이 하는 거라고 생각해서 가만히 있었다. 그런데 이상했다. 예쁘지 않은 사람도 연애를 하는 것이었다. 예쁘지 않은 사람이 연애를 하면 음란하게 보였다. 그래서 예쁘지 않은 사람이 연애하는 것을 보면 불쾌했다. 그래서 나는 그저 가만히 보고 있었다.

하지만 나도 연애를 했다. 나 자신이 멋있어진 기분이었다. 단숨에 자신감이 붙었기 때문에 물었다.

"나, 예뻐?"

"얼굴 같은 거 난 신경 안 써"

하고 그 사람은 말했다. 나는 기쁘고 분했다.

그리고 그 사람을 만났다. 나는 멍하니 입을 벌린 채 그 사람을 봤다. 그렇게 예쁜 사람은 본 적이 없었다. 그녀 앞에서는 밀로의 비너스조차 펑퍼짐해 보였다. 몸매는 늘씬하고 피부는 하얗고 루즈를 바르지 않은 입술은 투명한 핑크였다. 마르지도 뚱뚱하지도 않고 당당했다. 귓불에 잔털이 나 있었고 그것이 금빛으로 빛났다. 눈동자는 조금 갈색이었다. 갈색 눈은 보통은 외국인 같은 느낌을 주지만, 그 사람은 그로

인해 오히려 메이지 시대의 오래된 사진을 보는 듯한 느낌을 주었다.

그녀는 검은 오버코트를 팔을 끼우지 않고 그냥 어깨에 걸치고 있었다. 그 사람을 데려온 친구가, "너 왜 그래?" 하고 내 어깨를 흔들었다. "어?" 하고 마치 꿈에서 깨듯이 정신이 돌아왔지만 그 사람은 꿈이 아니었다. 내 앞에 서 있는 그 사람은 나와 같은 나이였는데도 훨씬 어른스러웠고 그런데도 나보다 더 청순해 보였다.

함께 친구 집에 가서 귤을 먹었다. 그 사람은 내 앞에서 하얀 속껍질을 꼼꼼히 떼어내고 귤을 먹었다. 귤을 입에 넣는 모습을 나는 뚫어져라 쳐다봤다. 얇은 귤껍질이 그 사람의 하얀 이 사이에서 뭉개지는 순간 튀어나온 즙이 슈욱 내 눈 속으로 날아 들어왔다. 나는 한 손으로 눈을 닦으며 계속해서 그 사람의 입을 바라보았다. 귤 즙이 입술에서 흘러내리자 그 사람은 하얀 손수건으로 턱 부분을 닦았다. "꼴불견이지" 하고 그 사람은 말했다. 나는 그 사람이 고타쓰에 발을 넣고 앉는 것도 이상했고 귤을 먹는 것도 어울리지 않는다고 생각했다. 그 사람을 어딘가에 장식으로 걸어놓고 그냥 바라만 볼 수 있으면 좋겠다고 생각했다.

그 사람이 돌아갈 때 친구와 역까지 배웅했다. 지나가는 남자도 여자도 모두 그 사람만을 봤다. 저녁 무렵이라서 조금 어두워지기 시작했다. 그 사람은 늘씬한 자태로 우리에게 하늘하늘 손을 흔들었다. 나는 쳐다보면서 걱정이 됐다. 누군가 나쁜 사람이 그 사람을 훔쳐갈지도 모른다. 저런 예쁜 사람이 아무렇지도 않게 보통 사람이 타는 전철 같은 걸 타면 위험할 텐데.

"저렇게 예쁜 사람이 또 있을까? 혼자서 전철 타도 괜찮을까?"

친구는 웃었다.

"쟤는 자기 자신을 예쁘다고 생각 안 해."

"흐-음. 눈이 굉장히 상냥했지. 자기 자신을 예쁘다고 생각한다면, 그렇게 눈이 상냥해 보일 수는 없을 거야."

나는 그 뒤로 예쁜 사람을 봐도 웬만해선 놀라지 않게 됐다. 아무리 예뻐도 그 사람보다 한 수 아래였다.

나는 하루라도 나 자신의 모습을 잊고 살 수가 없었다. 조금만 더 예뻤다면. 하지만 나는 자신이 어떤 식으로 예뻐지고 싶은지 몰랐다. 조금쯤 이것저것 손을 대봤자 도저히 따라잡지 못한다. 그러니까 그 사람처럼은 될 수 없다. 고귀한 그 사람과는 어떻게 해도 비교가 안 되었다. 그래도 조금만 더 예뻤다면. 어떤 식으로? 그것에 대한 답은 모르겠다. 나는 그냥 예쁘지 않은 거다.

그 사람은 내가 연애한 사람과 결혼했다. 나한테 "얼굴 같은 거 신경 안 써"라고 말한 사람과. 난 울지 않았다, 처음에는. 아아 그래, 어쩔 수 없지, 글쎄 그렇게 예쁜걸 뭐. 게다가 다정한 눈을 하고 있었는걸. 그러고 얼마 지나서 울었다. 아주 조금. 아무도 밉지 않았다. 어쩔 수 없는 일이었다고 생각하게 되는 것이 쓸쓸해서 울었다.

그 사람하고는 그 후 한 번도 만나지 않았다.

그 뒤로 나도 남들처럼 결혼을 해서 아이를 낳았다. 매일 눈이 핑핑 돌 지경으로 바빴다. 몰골 따위 개의치 않고 일했지만, 때때로 나도 모르게 양손으로 얼굴을 감싸고 거울 앞에 서 있는 나 자신을 보고 흠칫했다.

그리고 더 나이를 먹었다.

오늘 나를 버린 사람을 지하철에서 봤다. 너무 나이가 들어 보여서 깜짝 놀랐다. 머리가 반은 벗어졌고 머리털이 듬성듬성 있었다. 그래도 한껏 팔자걸음을 걷고 있었다. 그 옆에, 하얀 돼지 같이 펑퍼짐하게 살이 오른 여자가 있었다. 팔과 목에 주렁주렁 금줄을 걸고, 새빨간 립스틱을 바르고 있었다. 턱 주름이 굵고 깊게 패여 있었다.

그 사람이었다.

나는 상대가 나를 볼까봐서가 아니라, 내가 상대를 알아봤다는 것을 그 사람이 알게 하고 싶지 않아서 기둥 뒤에 숨었다. 가슴이 두근두근거렸다. 전철이 한 대 오고 사라질 때까지 나는 눈을 감고 기둥에 찰싹 달라붙어 있었다.

　20년 만에 본 그 사람이었다.

♠♠♠
로맨틱 가도*

"역시 로맨틱 가도, 스위스, 파리, 니스를 고른 건 정답이었
어. 봐요 봐, 저기 저 성 좀 봐봐. 담쟁이덩굴에 뒤덮였어. 아
니, 이쪽. 저 담쟁이덩굴은 색이 새빨개. 일본의 담쟁이랑은
색깔이 완전히 다르잖아. 응? 어떻게 저렇게 예쁜 색깔이 나
오는 거지? 어제 로텐부르크도 멋있었어. 아키라 씨, 나 행복
해. 아ー 정말 좋아. 저기 있지 아키라 씨, 어제 산 인형 말이
야. 그거 정말 얼마나 갖고 싶었던 건지 몰라. 크긴 하지만 다
음에 언제 올 수 있을지 모르잖아. 비싸긴 하지만 일본에서
는 살 수 없는 거고. 결혼식 날에는 그렇게 큰비가 왔는데 신

* 독일의 관광 가도로 '로마로 가는 길'이라는 뜻이라고 한다.

혼여행 동안은 이렇게 좋은 날씨가 계속되는 걸 보니까, 역시 우린 운명적인 만남이었어. 있지, 아키라 씨, 당신도 행복해?"

"행복하지. 하늘에라도 오를 만큼 행복하지."

"파리 가면 루이비통 가방 사줄 거지?"

"어어, 뭐든 하고 싶은 대로 해, 펑펑 뭐든지 사라고."

"어머나, 저기, 저기 좀 봐. 정말 백조가 헤엄치고 있어. 호수에 산이 비치고 정말로 백조가 있어."

"호들갑은."

"글쎄, 아름답잖아."

"아름다우면 조용히 마음속에 기억해두면 돼."

"있지, 저 사람들, 저기 뒤의 3인조, 분위기 깨는 그룹이라고 생각 안 해? 나리타 공항에서 만났을 때부터 눈에 거슬렸어. 저 할머니는 몇 살이나 됐을까? 그 옆에서 불만스레 입을 꾹 다물고 있는 건 큰딸이래. 인상이 안 좋아. 어머니가 휘청거리는데도 바지에 손을 찔러 넣고 모른 체하고 있어. 할머니가 뭐라고 하면 '안다니까' 하든가 '좀 가만히 있어' 하는 거야. 어쩌면 저렇게 퉁명스러울까. 저럴 거면 왜 같이 온 거지?"

"그런 걸 내가 어떻게 알아."

"게다가 식사 때, 저 그룹이랑 같이 먹게 되는 게 싫어. 동생 쪽이 간사한 목소리로 '엄마, 못 먹겠으면 남겨도 돼요' 하면서 언니한테 윙크하는 거 봤어? 더구나 저 할머니, 수프 홀짝거리면서 먹잖아. 나 그 소리 때문에 기분 나빠서 혼났어. 언니는 그걸 가만히 바라보고 있다가, 목소리를 탁 가라앉히고 '소리 내지 마요' 하는 거야. 할머니는 주눅이 들어버리고."

"남의 일에 신경 쓸 거 없어."

"그래도 눈에 거슬리는걸. 보라고, 저렇게 자매 둘이서는 나란히 앉아서 소곤소곤 얘기하고 있는데 할머니는 혼자서 밖을 보고 있어. 밖을 보지 않을 때는 졸고 있고. 옷 입은 것도 화려하고 화장도 깔끔하게 했지만, 아마도 팔십 가까이는 됐을걸."

"딸들은 맨얼굴이야. 화장을 좀 했으면 좋을 텐데."

"저 할머니, 외모에 신경을 많이 써. 노상 화장을 고친다니까. 내가 아까 '늘 곱게 하고 계시는 게, 참 보기 좋아요' 했더니, '나이 들면 노인네 냄새가 난다고 싫어들 하거든요' 하더라고. '이 나이가 되어 유럽에 올 수 있다니 행복하지요' 하는데, 저 딸들, 그때 표정이 음침해지더라고. 정말 불쾌했어. 아 – 모처럼 온 신혼여행인데 말이야. 있지, 정말로 루이비통 가방 사도 돼?"

"좋을 대로 하라고 했을 텐데."

"봐요 봐, 저기 소가 있어. 어머나, 소가 모두 방울을 달고 있어, 정말 영화 같아."

"언니, 목욕물 좀 더 따뜻하게 해줘. 이제 됐어. 아 – 피곤해. 언니, 안 피곤해?"

"피곤해. 하지만 네가 더 힘들었잖아. 서양 욕조는 둘이 들어오니까 역시 갑갑하구나."

"그래도 엄마한테서 떨어져서 있을 수 있는 건 여기뿐인걸. 참아."

"엄마는 좋은가봐. 힘이 넘치는 것 같지 않아?"

"엄마가 나한테 달라붙어서 떨어지질 않아. 같은 말만 계속 떠들고. 머리가 지끈거려. 언닌 못됐어. 자기만 혼자서 총총걸음으로 앞서 가고."

"글쎄, 엄만 내 옆에는 안 오는걸."

"언니는 할 말은 하니까 꺼리는 거야."

"너도 아니라고 생각할 때는 분명하게 노, 라고 말하는 게 좋아."

"난 그렇게 못해. 어렸을 때부터 착한 아이로 지내지 않으면 살아갈 수 없었던 거 알잖아. 저 인간이 하는 말 안 들었다가는 어떤 일이 벌어졌는지, 알잖아."

"하지만 넌 맞고 차이고 하지는 않았지. 엄마는 나한테는 툭하면 때리거나 발로 차거나 고래고래 소리 지르거나 했어. 그러다가는 갑자기 기분이 좋아져서 깔깔 웃고. 엄마가 기분이 좋을 때가 난 가장 불안했어. 언제 갑자기 언어터질지 몰라서 말이야. 난 초등학교 4학년 때 매일 자살하는 생각을 했어."

"하지만 언니는 아빠한테는 귀여움 받았잖아. 난 아빠에 대한 기억이 거의 없어. 내가 가장 싫었던 건 엄마의 남자관계야. 고타쓰 안에서 엄마가 옷자락을 풀어 젖히고 남자에게 만지게 하는 거야. 난 정말로 빨리 가출하고 싶었어. 언니는 잽싸게 도쿄로 가버렸고."

"글쎄, 엄마랑 있으면 미쳐버릴 것 같았으니까."

"그래도 난 엄마를 보면 불쌍해져. 엄청 나이 먹은 뒷모습에, 몸은 쪼그라들고 마음이 약해져서 나한테 찰싹 매달리잖아."

"나이 먹고 약해진 모습을 보면 나도 불쌍하다는 생각이 들어. 젊은 시절, 그렇게 자기 멋대로 살면서 자식 머리 한번 쓰다듬어주지 않던 엄마가 나이 먹어 남들처럼 힘 빠진 할머니가 되다니. 하지만 난 용서 못해. 그동안 계속 엄마를 싫어했던 게 마음의 부채로 남아 있지만, 그렇다고 이제 나이 먹은 할머니가 되었다고 해서 갑자기 다정한 마음이 들지는 않아. 다정한 마음이 들지는 않았지만, 그래도 엄마를 기쁘게 해주자는 생각에 하와이 여행 가겠냐고 얘기한 거야. 그런데 '어머, 나 하와이는 싫어. 데리고 가주려면 유럽으로 해줘' 하잖아. 예산이 졸지에 네 배야. 어쩔 수 없이 빚을 내서 온 거야."

"언니, 결단력이 있네. 난 엄마를 위해서 그런 거금을 내놓을 배짱 없어."

"마음이 없으니까 돈을 내놓는 것밖에 방법이 없는 거야. 엄마는 17년이나 나한테 며느리 욕을 해댔지만, 난 올케 앞에서 머리를 들 수가 없어. 잘 버텨주잖아."

"엄마는 계속 오빠 부부를 이혼시키려고 했어. 지금도 같은 생각일걸. 저 인간은 도대체 뭘 위해 태어난 걸까."

"네가 울 일 아니야."

"난 왠지 엄청 슬퍼."

"얘, 어깨가 차가워졌어. 뜨거운 물로 샤워 하는 게 좋겠다."

"엄마가 우릴 부르는 소리가 나네. 또 화장케이스 찾나봐."

"네- 엄마, 곧 찾아드릴 테니까 기다려요."

"저 인간, 못 기다려. 네네, 금방 가요."

"있지, 정말 그 자매 좀 이상해. 아까 그거 봤어? 그 할머니가 포도주 남은 걸 동생한테 줬을 때, 그 동생이 어떻게 한 줄 알아? 고개 돌리고 냅킨으로 할머니가 입을 댄 글라스 가장 자리를 닦고 나서 마셨어. 부모가 입 댄 걸 못 마시다니 이상하지 않아?"

"당신도 쓸데없는 데 왜 그리 신경을 써. 남이사 아무래도 상관없잖아."

"모처럼 로맨틱한 신혼여행인데 눈에 거슬린다고."

"봐봐, 저게 알프스야. 웅대하구나. 역시 사진하고는 다르군."

♦♦♦

파

이시다는 파를 닮았다.

파의 뿌리 같은 머리를 가늘고 긴 몸 위에 얹고, 파의 잎 같은 다리를 휘청휘청 앞뒤로 움직이면, 그것이 이시다가 걷는 모습이다. 때때로 파 전체를 신문지로 싼 것 같은 코트를 입는데, 그때는 아직 여물지 않은 야쿠자 똘마니로 보인다. 게다가 새카만 선글라스를 끼고 다니니 정말 어느 조직에 속한 젊은 양아치인가 싶다. 물론 나는 실제로는 그런 젊은 양아치를 한 명도 아는 바가 없으니 실제로 조직에 속한 사람은 좀더 건실하고 빈틈이 없어 보일지도 모른다. 제법 좋은 대학도 다니고 있다.

이치로가 처음 이시다를 집으로 데리고 왔을 때, 불량스러운 녀석하고 사귀는 것 같아 걱정이 됐다. 하지만 나의 그런 걱정은 아랑곳없이 둘은 서로 마음이 잘 맞는지, 이시다는 자주 이치로의 방에 와서 죽쳤다.

이치로가 키우는 개 하나코가 곧 저세상으로 갈 것 같았다. 하나코는 인간으로 치면 아흔 살 정도일지도 모르므로 언제 죽어도 이상할 일이 아니다. 그렇게 생각한 나는 현관에 깐 담요 위에서 가쁜 숨을 쉬는 하나코를 그저 바라만 보고 있었다. 소고기 날것만은 한입에 날름 먹는다. 그때에도 기름기 없는 빨간 고기보다는 로스를 더 좋아라하고 먹는다. 허리에 힘이 다 빠졌는데도 쉬를 할 때만큼은 필사적으로 몸을 끌고 밖으로 나가려고 한다. 내가 제때에 사정을 알아차리면 하나코를 안아서 밖에 내보내주지만, 하나코는 큰 개라서, 내가 안으면 질질 뒷다리가 땅바닥에 끌린다. 이치로는 덩치가 크니까 쉽사리 하나코를 들어올린다.

"하나코는 네 개니까 밖에 나가 데이트하는 거는 하나코가 죽을 때까지 미루면 안 되겠니. 여자친구한테 이쪽으로 오라고 하면 좋잖니"

하고, 나는 이치로가 코트를 껴입고 외출하려 할 때 화를 냈다. 이치로는, 내가 '죽을'이라는 말을 입에 올렸을 때 나를 노려봤다.

"아줌마, 걔 여자친구는 그런 기특한 애가 아니에요. 너 갔다 와"

하고 이시다는 이치로의 등을 밀었다. 이치로는 몸을 숙이고 하나코의 귀와 귀 사이를 쓰다듬고는, "하나코는 죽지 않아, 그치?" 하고, 나한테는 들려준 적 없는 부드러운 목소리로 말하고 나서 하나코를 타넘고는, "그럼 다녀올게. 이시다 부탁한다, 미안" 하고 현관 밖으로 나갔다.

나와 이시다는 쭈그리고 앉아 한동안 하나코를 바라봤다.

"뭐니, 그 애. 그렇게 먼 데서 이치로를 불러내고. 이치로도 한심하지, 강아지처럼 달려가다니. 그러면 얕잡아 보일 뿐이야."

나는 일어서면서 말하고 고타쓰로 들어갔다. 그리고 고타쓰에서 고함쳤다.

"어쨌든 이치로는 하나코를 너한테 부탁하고 간 거다."

파가 비실비실 방으로 들어와서,

"그렇게 화내지 마세요, 아줌마. 차라도 마시고 마음 가라앉히세요"

하고, 그대로 부엌으로 가더니 주전자를 가스 불에 올려놓는 모양이다. 그리고 어디서 찾아냈는지 귤도 함께 쟁반에 올려서는, 파의 잎 부분을 구불구불 펼치고 고타쓰로 들어왔다.

"너, 차 맛있게 타는구나."

나는 감탄하며 이시다가 타주는 차를 홀짝홀짝 마셨다.

"그런데 그 여자애 도대체 어떤 애니? 집에 와도 커다란 눈을 불퉁 뜨고는 속눈썹만 깜빡깜빡 하면서 안녕하세요라는 말도 안 해. 인사란 걸 한 적이 없어. 고맙다든가 미안하다든가 한 번쯤 들어보고 싶다니까. 친구랑 있을 때도 아무 말 않고 그렇게 커다란 눈을 까뒤집고 있니?"

"아줌마, 그 애는 그-런 애예요."

"호오. 너도 그-런 애 좋아하니?"

"난 절대로 싫어요. 엄청 자기 멋대로거든요. 걔가 오면 흥이 깨져요. 그래도 이치로가 좋아하니까 할 수 없죠, 뭐. 이치로는 누가 뭐라 해도 안 돼요."

"요전번에 하나코 병문안 왔다면서 화려하기 짝이 없는 빨간 코트를 입고 장미 꽃다발을 들고 와서는 '어머 싫어- 징그러워, 이치로 씨, 무서워' 하고 하나코한테서 잽싸게 물러나는 거야. 걔한테 무슨 꽃다발이냐고."

"그-런 녀석이에요."

하나코가 끄응끄응 소리를 냈다. 오줌이 마려운 거다.

이시다는 훌쩍 뛰어 일어나서 현관으로 갔다. 이시다는 축 늘어진 하나코를 실로 부드럽게 떠올리듯 안고, "조금만 기다려, 조금만 기다려" 하고 밖으로 나갔다.

잠시 후, 다시 고타쓰로 와서 구불구불 앉았다.

"아줌마, 하나코가 어제보다 쉬하는 거 힘들어 해요."

"곧 죽을 거 같니?"

"잘은 모르겠지만, 불쌍해요. 똥도 이제 자력으로는 안 나올걸요, 저래 가지고는."

"수명이 다 된 거지."

"더 먹으면 똥이 나올지도 몰라요."

"어쩔 수 없어."

"아줌마, 잠깐 차 좀 쓸게요."

이시다가 나간 뒤, 나는 하나코의 입을 벌리고 물을 마시게 했다. 거즈에 적신 물도 제대로 못 삼켜서 입에서 질질 새나왔다.

이시다는 바로 돌아왔다. 비닐봉지를 늘어뜨리고 와서, "잠깐만 기다려, 지금 똥 나오게 해줄 테니까" 하더니, 부스럭부스럭 봉지 안에서 종이꾸러미를 꺼냈다. 정육점에서 파는 납작한 꾸러미였다. 이시다는 "아줌마, 이건 제 병문안 선물이에요" 하고, 고급 등급의 마블링 소고기를 꺼냈다. 집에서 스키야키를 해먹을 때도 이런 훌륭한 고기는 안 먹는다. 이시다는 고기를 한 장씩 벗겨내어 하나코의 입 안에 넣어준다. "너,

이거 먹고 영양 섭취해서 똥 눠." 이시다는 선글라스를 쓴 채로였다.

밤이 되어도 이치로는 돌아오지 않는다. 나와 이시다는 유부 우동을 만들어 먹었다.

"하나코, 앞으로 이삼일은 버틸까?"

"아줌마, 그런 생각은 해봐야 소용없어요."

하나코가 깨갱깨갱 하고 고통스러운 소리를 냈다.

"똥이다."

이시다는 휙 하고 날쌔게 현관으로 간다.

"아줌마— 세숫대야에 뜨거운 물 담아서 비누랑 가져다주세요."

내가 세숫대야에 더운 물을 부어 현관으로 가져가자, 이시다는 하나코의 허리를 쓰다듬으면서, "기다려, 기다려, 지금 빼내줄게" 하고는, 세숫대야에 손을 담가 물을 묻히고 둘째손가락에 비누를 바르더니 그 손가락을 하나코의 항문에 쑤셔넣었다. "돼—앴다. 아프지 않아. 자아— 나왔다" 하고, 하나코의 똥을 파냈다. 나는 미처 거기까지는 생각하지 못했다. 이시다는 하나코의 배를 위에서 아래로 쓸어주면서, "자아— 조금쯤 편해졌지? 그치? 고기 먹었는걸."

이시다와 이치로가 나란히 걷고 있으면, 이치로 쪽이 발육이 좋은 도련님이고 착한 아이로 보인다. 이시다는 어딘가 무서운 젊은 양아치로 보인다.

나는 하나코의 똥을 파내고 있는 이시다를 가만히 바라보고 있었다.

♦ ♦ ♦
그렇게는 안 되지

×월 ×일

오전 중에 스카이라크에 동화 원고를 쓰러 갔다.

옆자리에 엄청나게 얼굴이 긴 할머니와, 얼굴이 동그란 아줌마가 와서 앉았다. 할머니는, "영차" 하면서 앉고는 "너, 뭐먹을래?" 하고 얼굴이 동그란 아줌마에게 메뉴판을 내밀었다. 모녀라는 걸 금세 알 수 있었다. 동글이와 길쭉이가 함께인 거다. 감탄했다. "이모는?" 하고 동그란 얼굴이 말했다. 어머, 모녀가 아니었구나. 둘은 일본식 햄버그스테이크를 주문했다. "이상하다 했어. 감이 왔거든" 하고 긴 얼굴은 의기양양해서 말하고는 햄버그스테이크를 덥석 입에 넣었다. 그 입이또 크다.

"가오리가 일요일인데 비요인*에 간다잖아."

"어디 아팠나요?"

"뵤인**이 아니라 비요인. 으이그."

"그래서요?"

"내가 걔 뒤를 밟았어."

"뒤를 밟았다고요?"

"그랬더니 아니나 다를까, 가오리는 사쿠라가오카 역 플랫폼에 내려서는 안절부절못하고 서 있는 거야. 두리번두리번하면서."

"이모는 어디 서서 지켜봤는데요?"

"기둥 뒤."

"저런, 마치 탐정이네요."

"후후후, 어쩔 수 없잖아, 딸인데. 조금 후 남자가 왔어. 둘이서 얼마나 반가워하던지. 난 생각했지. 아아, 이런 사람이라면 가오리도 행복해질 수 있겠구나, 하고."

"그대로 돌아온 거죠?"

"그렇게는 안 되지. 불쑥 나서서 남자의 팔을 잡고, '잠깐'

---

* '미장원'의 일본어 발음.
** '병원'의 일본어 발음.

하고 말했어. 후후후. 팔을 잡은 채로 조기까지 좀 갑시다, 하고 역 앞 커피숍까지 성큼성큼 끌고 갔지. 둘을 나란히 앉혀 놓고 우선 가오리에게 어쩔 셈이냐 하고 다그치니까, 이 사람 좋은 사람이다, 부인이랑은 이혼할 작정이다, 하는 거야."

"그럼, 됐잖아요. 내버려둬요."

"그렇게는 안 되지. 남을 불행하게 하고 자신들만 행복해지려는 건 사람의 도리가 아니라고 말해줬어. 글쎄, 아이가 둘이나 있다고 하잖아."

"그랬더니?"

"가오리는 눈물범벅이 돼서 울었어. 나는 허락하지 않을 거다, 오늘을 마지막으로 두 번 다시 만나지 마라, 하고 딱 잘라 말했어."

"남자는?"

"남자도 아무 말 없이 눈물만 글썽이는 거야."

"그래서?"

"물론, 가오리를 데리고 돌아왔지. 그런데도 지금껏 나 몰래 계속 만나고 있었어."

"어떻게 알았어요?"

"부인이 전화를 했더라고."

"누구한테?"

"가오리한테."

"가오리가 전화 받았어요?"

"받게 놔둘 수는 없지. 내가 부인을 만나러 갔어. 단단하고 침착한 사람이었어. 아이가 대학 수험생이라고. 헤어질 수는 없다면서 머리를 숙이는 거야. 정말로 불쌍하더라고. 내가 책임지고 해결하겠다고 약속했어."

"본인들끼리는 어떤데요?"

"가오리는 내 딸이야. 딸이 불행해질 게 빤한데 가만히 보고 있을 부모가 어디 있냐고. 그 아이에 대해서는 내가 가장 잘 알아."

"서로 좋아한다는데 어쩔 수 없잖아요."

"너랑 가오리는 다르다니까. 나는 네 엄마하고는 교육 방침이 달라. 그런 단정치 못한 품행을 그냥 놔둘 수는 없어."

"이모, 아무리 부모라지만 지나쳐요. 가오리가 몇 살인데요."

"너보다 네 살 아래일 텐데."

"그렇구나, 벌써 쉰이네."

"뭐야. 뭘 감탄하는 거니. 테루 너, 가오리한테 바람 넣는 애길랑은 하지 마라. 저기, 커피 한 잔 더 주문해줄래? 가오리도 참 남자 운도 없지. 불쌍한 것."

"이모, 지금까지 몇 명이나 떼어놨어요?"

"떼어놓다니, 남이 들으면 뭐라겠니? 내가 아주 나쁜 사람인 줄 알겠다. 엄마가 돼서 자식의 행복을 생각하는 건 당연한 일이잖니. 아 – 틀니가 영 안 맞네."

얼굴이 긴 할머니는 커다란 입을 우물거렸다.

"그 애는 여태 눈물범벅을 하고 울고 있어."

긴 얼굴의 할머니는 커다란 입에 립스틱을 덕지덕지 바르고 콤팩트를 들여다보면서 입을 꾸욱 다물고 옆으로 늘렸다. 저 나이에 아직도 립스틱을 바르다니.

동화를 쓸 기분은 완전히 사라져버렸다.

♦ ♦ ♦

사랑은 이긴다

"루미코는 어딜 간 거야."

간사이 억양의 표준어를 쓰는 아키라는 신문을 버스럭거리며 접었다 폈다 하고 있다. 읽고 있는 게 아니다.

"일부러 소리 내지 마요. 루미코는 데이트하러 나갔어요."

"나한테는 아무 말도 안 했어."

"당신이 궁시렁궁시렁 싫은 소릴 하기 때문이에요."

"내가 언제 싫은 소릴 했다고 그래. 남자가 돼 가지고 전화 길게 하는 놈치고 변변한 놈 없다고. 나는 사실을 말했을 뿐이야. 싫은 소리 하는 것과 사실을 말하는 건 달라."

"같습니다."

"왜 나한테 정식으로 인사하러 안 와."

"글쎄, 당신은 전화도 안 바꿔주잖아요. 루미코가 울었다고요. 그런 아버지한테 남자친구 데려 올 수 있겠어요?"

"시계 좀 봐. 도대체 지금이 몇 신 줄이나 알아? 벌써 9시라고. 상식이 없어. 무슨 일이라도 생기면 어떻게 할 건데?"

"그 친구도 걱정해서 항상 문 앞까지 데려다준다고요."

"문 앞에서 뭘 하는데?"

"몰라요. 궁금하면 나가서 보면 되잖아요. 볼 배짱도 없으면서."

"뭐라고?"

아키라는 나한테 달려들 것처럼 엉덩이를 들썩했다.

벨이 울렸다.

"정확히 9시에 왔어요."

나는 현관문을 열었다. 루미코와 아오키 군이 나란히 서 있었다.

"다녀왔습니다."

루미코는 목을 길게 빼고 집 안을 살피며 말했다. 아오키 군은 "웃, 안녕하세요" 하고 고개만 앞으로 숙였다. 둘 다 코 끝이 빨개져 있다.

"춥지? 아오키 군, 안에 들어와서 차 마시고 몸 좀 녹이고 가지?"

아오키 군은 허둥지둥 당황해서 또 "웃" 했다. 루미코는 눈으로 '아빠가' 한다.

"어서, 바람이 들어오니까 둘 다 빨리 들어와."

아오키 군은 스타디움 점퍼의 뒤로 깍지를 끼고 도둑처럼 발소리를 죽이고 느릿느릿 다이닝룸 쪽으로 들어왔다. 아키라는 읽지도 않는 신문에서 눈을 떼지 않는다.

"여기는 내 남편이고, 루미코의 아버지 되는 사람이에요."

나는 과장된 몸짓으로 아키라 쪽으로 손을 펼쳤다.

"안녕하세요, 아오키입니다."

아오키 군은 딱딱하게 굳어서 말했다.

아키라는 "우-"라고도 "아-"라고도 할 수 없는 목소리를 낼 뿐 신문에서 눈을 떼지 않는다.

"거기 앉아요."

"웃."

아오키 군은 얌전함의 견본 같이 의자에 앉았다.

루미코는 탁탁탁 2층으로 뛰어올라갔다. 조용해졌다.

"홍차와 커피 중에 어느 걸로 할까?"

나는 부엌에 서서 거실을 향해 물었다.

"웃, 아무거나요."

아키라가 신문 너머로 흘낏 아오키를 봤다. 조용.

"그럼 홍차에 브랜디를 넣을까나. 몸이 따뜻해질 테니."

"넵"

다시, 조용.

루미코가 탁탁탁 하고 내려왔다. 아오키 군은 물에 빠진 개의 눈으로 루미코를 봤다.

"엄마, 아오키 씨는 커피 안 마셔요."

"홍차로 할게요, 홍차로 할게요."

나는 혼자서 명랑하고 소탈한 어머니 역할을 한다. 어떻게든 이 꽁꽁 얼어붙은 공기를 깨뜨려야 해. 어떻게든 해야 해.

"아오키 군, 우리 집에 온 사람은 누구나 노래를 불러야 해요. 남편이 가라오케 세트를 샀거든. 그래서 집에 온 사람은 누구라도 한 곡은 부르고 가야 해요."

나는 홍차 캔을 열면서 말했다. 사놨을 뿐 아무도 부른 적이 없는 세트다.

"정말입니까?"

아오키 군의 눈이 동그래졌다.

"정말이고말고. 맞죠, 여보?"

"정말이야."

아키라는 고함치듯이 말하고 신문을 본다.

"아, 이거 참. 그거 정말입니까?"

아오키 군은 루미코를 보며 도움을 구하는 처량한 얼굴을 했다.

"엄마"

하고 루미코는 나를 노려봤다.

"정말이야."

아키라가 한 번 더 고함쳤다.

"자 여기 이게 마이크. 앞에 서서. 어서 여기 서서."

나는 가라오케의 스위치를 켰다.

아오키 군은 일어서서 직립부동이 되었다.

"그러엄, 맛치 곡 있습니까?"

"맛치 같은 건 없어."

아키라가 신문에 시선을 고정한 채로 고함친다.

루미코는 몹시 난감해하며 어쩔 줄 모른다.

"그러엄," 아오키 군은 말했다. "〈사랑은 이긴다〉."

그러고는 냅다 소리를 내지르기 시작했다.

"♬걱정 할 거 없어."

나는 어안이 벙벙했다. 루미코도 망연한 표정. 아키라는 신문에서 눈을 들었다.

"♬꺾일 것 같아도 믿어야 해-"

아오키 군은 직립에서 허리돌리기로 옮겨가더니 상체도 좌우로 흔들었다. 필사적으로.

"♬반드시, 결국은, 사랑이 이긴다."

그리고 숨도 돌리지 않고 2절로 넘어갔다.

아키라는 입을 벌리고 있었다. 나는 웃음을 참느라 배가 아파왔다. 루미코는 아래를 보고 있다. 태어나서 처음으로 봤다. 이렇게 열심히 노래하는 인간을……

"♬반드시, 결국은, 사랑이 이긴다."

아오키 군은 꾸벅 절을 하고 "됐습니까?" 하고 내 얼굴을 봤다. "우와, 잘한다." 나는 짝짝 손뼉을 쳤다. "한 곡 더." "네?" 아오키 군의 눈이 똥그래졌다.

루미코가,

"엄마, 홍차는 됐어. 타로 산책 시키면서 배웅하고 올게. 자, 아오키 씨, 가요."

"네, 실례했습니다."

꾸벅 절을 하고 아오키 군은 미련하리만치 고지식한 얼굴을 하고 현관을 나갔다.

문이 닫히는 순간 나는 그 자리에 주저앉아 웃었다.

"귀여운 아이네요. 아하하하. 그렇죠, 여보?"

"바보 아냐?"

닮았을 뿐이야

19년 전? 17년 전? 나는 열심히 세어본다. 그때는 분명히 미술대학에 막 들어간 때라서 아직 과 친구들 이름을 다 기억하지 못한 상태였다. 대강의실에서 강의가 끝난 뒤에 모여앉아 떠들고 있는 우리에게로 마스크를 쓴 여자가 다가왔다.

"저, 서양화과의 xx입니다. 저기요."

그래, 그때 스카프도 쓰고 있었지.

"저, 마루젠*에 삼촌이 계셔서, 화집이나 비싼 책을 쉽게 구할 수 있어요. 물론 공짜는 아니에요. 계라고 아나요? 즉, 다 같이 돈을 모아서 순서대로 사는 거예요. 그런 식으로 해주겠

---

* 일본의 대형 서점, 출판사.

다고 하는데, 우리 반에서 이미 모으긴 했는데 사람이 많을수
록 더 비싼 책을 살 수 있거든요."

거기서 그 제안에 응한 것은 나와 유미코뿐으로, 지금 생각
하면 유미코와 내가 가장 가난했다. 나는 마리코에게 천 엔을
꿔서 스카프의 여자에게 건네줬다.

"서양화과의 xx니까."

하지만 서양화과에 xx는 없었다. 그 여자는 두 번 다시 나
타나지 않았다.

나중에 친해진 서양화과의 마쓰카와 씨에게 물었더니, 서
양화과 사람들도 열 명쯤 그 여자에게 돈을 건넸다고 했다.
바지 한 벌밖에 없는 남자아이도 거기에 걸려들었는데, 그 친
구는 풀뿌리를 헤쳐서라도 붙잡겠다며 매일 중앙선 역에서
스카프의 여자를 찾고 있다고 했다.

나와 유미코는 화가 나기보다는 창피해서 견딜 수 없었다.
나는 돈을 꿔 준 마리코에게 한 달만 기다려 달라고 했다. 천
엔은 나의 한 달 용돈의 전부였다. 정신을 차리고 보니, 나도
전철 안에서 무의식적으로 스카프와 마스크를 한 여자를 찾
고 있었다.

그리고 잊었다. 17년, 아니 18년 전.

나는 물끄러미 학부모회 임원인 이데 씨의 얼굴을 보고 있다. 아이들의 학부모회 임원회의에서, 나는 늘 그녀의 얼굴을 물끄러미 쳐다본다. 이데 씨는 자진해서 위원장을 하겠다고 나섰다. 참으로 야무져서, 무척 능숙하게 회의를 진행했다. 그러나 나는 이데 씨가 곁에 오면 허둥거리다가 그녀로부터 시선을 돌려버린다. 그러다가도 정신을 차리고 보면 나는 멀리서 구멍이 뚫릴 정도로 이데 씨를 쳐다보고 있다.

나는 오늘은 아래만 보고 있었다.

3학년의 한 그룹이 1학년에게서 10엔, 20엔 돈을 갈취한다. 물론 3학년 쪽에서도 선생님들이 대처하고 있지만, 아이들에게도 결코 돈을 주지 말라고 부모가 주의를 줬으면 좋겠다, 라는 선생님의 보고가 있었다.

이데 씨가 손을 들었다.

"선생님, 주의한다고 해도 아이들은 3학년이 무섭거든요. 혼자서 3학년들에게 둘러싸이거나 보복을 당하거나 할까봐 돈을 줘버린다고요. 아시잖아요, 그 그룹 아이들이 어떤 애들인지. 철저하게 지도해서 그 그룹을 해산시킬 수는 없나요?"

나는 가슴이 두근거려서 이데 씨의 목소리만 듣고 있다.

"3학년 선생님들도 열심히 가정방문을 하거나, 1대1로 대화하거나 하면서 노력하고 있는 중입니다."

학부모 누군가가 선생님에게 말했다.

"우리 아이도 협박을 당했는데 자기 용돈이 없다보니 제 지 갑에서 가져갔어요. 큰일이에요."

"선생님, 이 문제는 학교 전체, 지역 전체 차원에서 대응해 야 하지 않을까요? 작은 일 같지만 이건 사회 전체의 축소판 이에요. 아이일 때 무엇이 좋은 일이고 무엇이 나쁜 일인지를 똑바로 알게 하는 것이 부모나 교사의 책무지요, 즉."

즉…… 맞아, 그 스카프의 여자는 마루젠의 계를 설명할 때 "즉"이라고 몇 번이나 말했다. "즉"……그리고 다그치듯이 뒤 집어씌우는 듯한 빠른 말투로 이상하리만치 또렷하게 발언했 었다.

"즉, 사회의 모럴을 어떻게……"

사회의 모럴? 나는 흘끗 이데 씨를 쳐다보고 바로 눈길을 돌렸다. 아니야, 아닐지도 몰라. 비슷한 사람은 많잖아. 그 여 자는 마스크를 하고 스카프를 쓰고 있었다. 얼굴 전체를 본 게 아니다. 만약에 그 여자가 다른 사람이었다면 이데 씨한테 실례가 아닌가. 학부모회는 갑자기 술렁거리더니, 제각기 옆 자리의 어머니들과 얘기하기 시작했다. 나는 잠자코 아래를 보고 있었다.

"이치로는 피해 안 당했대요?"

옆자리의 야마모토 씨가 나에게 작은 소리로 말했다.

"아직 물어보지 않았는데요."

"물어보는 게 좋아요."

"그래야겠네요."

돌연 내 목구멍에서 생각지도 않은 말이 나온다.

"우리 식구들은 사기를 잘 당하는 거 같아요."

야마모토 씨는 어리둥절해서,

"사기를 치는 게 아니라 협박을 하는 거라고요."

나는 어쩔 줄 모른다. 학부모회 때마다 나는 이데 씨에 대한 생각이 머리에서 떠나지 않는다.

나는 결코 이데 씨 곁에 다가가지 않는다. 학부모회를 하는 동안 내내, 십 몇 년이나 지난 옛날의 그 대학 대강의실 일이 되살아난다. 지금까지 떠올리는 일도 없었던, 먼지에 뒤덮인 실내로 노란 광선이 사선으로 내리쬐던, 곰팡내 나던 그 텅 빈 강의실. 바지가 한 벌밖에 없어서 세탁하면 바지가 마를 때까지 팬티만 입고 방 안을 털북숭이 정강이를 드러낸 채 돌아다녀야 했던 남자아이. 이름도 잊었다. 마리코는 두 아이의 엄마가 됐고 못 만난 지 벌써 몇 년이나 됐다. 18년이 흘러 모두 당당한 중년에 접어들었다.

18년, 각자의 인생이 있었던 거다.

학부모회는 질질 끌다가 끝났다. 신발장 있는 데로 오자 눈이 내리고 있었다.

"어머나 눈이야."

아이 엄마들이 소녀 같은 목소리를 낸다.

"우산이 없어"

"금방 그칠 거야."

"어머나, 이데 씨는 준비성이 좋네요."

나는 돌아봤다.

"그래요. 난 항상 이것만은 준비해요."

이데 씨는 코트 주머니에서 빨간 천에 파란 꽃무늬가 있는 스카프를 꺼내어 펄럭펄럭 펼쳐서 삼각으로 접었다.

그만둬, 하지 마, 쓰지 말아 줘, 하고 나는 마음속에서 외치는데, 써, 써 봐, 하고 또 다른 마음이 동시에 외쳤다.

이데 씨는 스카프를 머리에 쓰고 목 밑에서 단단히 묶었다.

"감기 기운이 있었기 때문에, 이것도 준비해 왔어요."

이데 씨는 반대편 주머니에서 하얀 마스크를 꺼냈다. 나는 현기증이 났다.

"과연 위원장이네."

누군가가 말하자 웃음소리가 일었다. 나는 눈을 감았다.

닮았을 뿐이야, 닮았을 뿐이라고. 18년 전의 기억인걸, 어디 믿을 만하겠냐고.

닮았을 뿐이야, 닮았을 뿐이라고.

밤새 안녕하십니까

나는 소타 가까이에는 되도록 가지 않았다. 같이 엮이고 싶지 않았다. 글쎄, 딱 보기에도 완전 양아치 스타일인걸.

월요일과 목요일 아침에는 석고 디자인 수업이 있다. 좋은 자리를 차지하기 위해 모두들 일찍 나와서 저마다 이젤을 세울 자리를 찾는다. 겨우 자신의 자리를 정하고 다들 앞치마를 걸친 다음, 매점에 가서 지우개용 식빵을 사가지고 와서는, 자 이제 시작해야지 하면, 그때서야 소타가 들어온다.

소타는 상반신은 아무것도 안 걸친 채 헐렁헐렁한 바지를 입었다. 등을 구부정하게 하고 건들건들 어깨를 흔들며 천천히 스륵스륵 걸어온다. 가장 좋아 보이는 자리에 와서 눈을 가늘게 뜨고 몰리에르의 흉상을 가늠해보고는, "어이, 비켜"

하고 그 자리를 차지해버린다. 모두 잠자코 자리를 양보하고 어정버정 다른 자리로 옮긴다. 소타는 더러운 천가방을 이젤 머리에 걸고 나른하게 담배를 입에 물고 불을 붙인다. 그 담배 무는 방식도 굉장히 불량스럽다. 그리고 입을 비뚜로 하고 천장을 향해 연기를 뱉나 싶더니, 그대로 스르슥스륵 교실 밖으로 나가버린다.

그런 녀석은 차라리 안 오면 좋을 텐데. 그런데 이상하게도 소타에게는 친구가 많고, 어찌된 일인지 그들은 전혀 불량스럽지 않다. 게다가 소타는 늘 애인을 데리고 다니는데, 그녀는 나카하라 준이치*의 그림 같은 미소녀이고 곱게 자란 양가의 규수다. "다카미 씨 같은 사람이 왜 소타 같은 사람이랑 사귈까? 저렇게 예쁘고 착한 사람이" 하고, 나는 소타의 친구인 사토 군에게 물어 보았다.

사토 군은 "소타는 겉은 저렇게 보여도 좋은 녀석이야" 할 뿐이다.

"어제 역에서 재수학원 다니는 애들 다섯을 때렸다는 거 정말이야?"

"뭐, 사실일 거야."

---

* 일본의 화가, 패션디자이너, 편집자.

"혼자서? 봤어?"

"녀석이 질 리 없지."

"다카미 씨도 같이 있었던 거야?"

"아마도. 그런 거 익숙할걸."

그래도 나는 소타가 사람을 때리는 것을 아직 본 적이 없었다.

얼마 후 그럴 기회가 왔다. 평면디자인 강평 때, 강사인 청개구리가 과제물을 놓고 한 장 한 장 비평을 해나갔다. 소타는 맨 앞에 앉아 있었다. 늘 가장 좋은 자리를 차지하고 있는 거다. 청개구리가 패기 없는 목소리로 "이 블루는 좀 너무 차가운데" 했을 때, 소타는 뒷자리에서 주거니 받거니 떠들고 있던 남자들에게 다가가서 별안간 빵빵 한 방씩 먹이더니, 성큼성큼 제자리로 돌아왔다. 청개구리는 눈을 깜빡깜빡 하고는 "그러니까, 이 블루는 좀 더 그레이에 가까운 편이 밸런스가 좋아" 하고 계속했다.

강평이 끝나자, 소타는 담배를 입에 문 채로 언제까지나 불을 붙이지 않고 있었다.

그런 일이 있고 나서 얼마 후, 사토 군이 나한테 말했다.

"소타네 집에서 밤샘 과제 작업 할 건데, 너도 올래?"

나는 소타네 집에 간다는 게 흥미로워서 사토 군을 따라

갔다.

소타의 집은 세이조*에 위치한 엄청나게 큰 저택이었다. 두 개의 문기둥도 거대했거니와 문 뒤로는 안채가 보이지 않을 정도로 나무가 우거진 너른 정원이 있었다. 나는 놀랐다. 소타는 별채의 아틀리에에 있었다. 나는 거기에 가서도 놀랐다. 소타는 평소처럼 상반신을 벗고 있기는커녕 단정하게 흰 와이셔츠와 스웨터를 입고 있었다.

"다카미 씨는?"

하고 물었더니,

"응, 그 애는 집안이 엄해서"

하고 소타는 도련님처럼 말했다.

소타는 아틀리에의 한가운데 테이블에 B열전지와 종이를 적셔 붙인 화판을 놓아뒀다. 더구나 옆의 받침대에는 화구를 완벽하게 갖춰놨다.

우리는, "아니 아니, 여기는 역시 청개구리가 좋아하는 크롬옐로로 칠하자" 라든가 "멍청이, 너 제정신이냐? 그렇게 큰 동그라미를 정말로 한 가지 색깔로 칠할 거야?" 등등 학생다운 대화를 했고, 소타는 담배도 피우지 않았다.

---

* 도쿄의 고급주택가.

저녁식사 때가 되자 소타는 냄비우동을 날라 왔다. 메밀국수집의 네모난 쟁반에 세 개. "도우미 아줌마가 휴가야" 하고 말하는 도련님 소타는 예의가 발랐다.

소타는 때때로 둥근 난로에 석탄을 넣었다.

우리가 물감을 풀거나 붓을 씻거나 하고 있자니까, 소타가 점점 조용해지더니, "쉿, 쉿. 아버지가 일찍 돌아오신 모양이야"라고 했다. 우리는 목소리를 죽여 가며 조용히 작업을 계속했다.

과제가 완성되고 나서 정신을 차리고 보니 벌써 1시 반이었다. 석탄이 떨어지고 없었다.

"소타, 석탄 좀 가져와" 하고, 사토 군이 말하자, 소타는 "아버지가 주무셔서 안 돼. 미안" 하면서 정말로 면목 없다는 듯이 사과했다.

잠은 어디서 자야 하지, 하고 생각하고 있는데, 소타는 "너는 여자니까 침대에서 자. 나랑 사토는 여기서 자도 되니까" 하고 바닥에 이불을 깔았다.

아침에 일어나보니, 사토 군은 요를 몸에 둘둘 말고 그 위에다 책상을 거꾸로 올려놓고 있었다. 소타는 이불을 둘둘 말고 그 위에 어젯밤에 완성한 B열전지의 화판을 올려놓고 자고 있었다.

셋이서 아틀리에를 나섰을 때, 안채 현관이 열리고 백발의 근엄한 신사가 지팡이를 들고 나왔다. 그 사람이 아버지인가 하고 생각하고 있는데, 소타는 직립부동 자세로 "아버지, 밤새 안녕히 주무셨습니까" 하고 외치고 직각으로 몸을 꺾었다.

신사는 시선도 돌리지 않고 똑바로 앞을 본 채 자갈 위를 천천히 걸어갔다.

뭉클했어

이탈리아 영화를 보는 중이다.

영화를 보다가 나는 바람둥이 한 명을 떠올린다. 바람둥이는 마른풀 위에 뒹굴며 자신의 상박 안쪽을 다른 쪽 손바닥으로 쓰다듬고 있었다. 이탈리아의 한여름 태양은 이미 4시인데도 여전히 하늘 높이 떠 있었고, 강한 햇볕 속으로 때때로 시원한 바람이 우리 사이를 스쳐 갔다.

바람둥이는 미모의 일본인으로, 짙은 눈썹과 깊게 컬이 진 길고 굵은 속눈썹을 가진 청년이다.

남자는 자신의 미모를 조금은 의식하고 있는 걸까, 하고 생각하면서 나는 주위의 풀을 잡아 뽑아 입으로 씹으면서 깊게 컬이 진 그의 속눈썹을 바라봤다.

"나, 몇 살인지 알아?"

"알아. 열여덟 살 때부터."

"그래도 나 아직 스물다섯으로밖에 안 보여."

"하지만 서른이잖아. 30년 살아왔잖아."

"그래도 난 특별해."

바람둥이는 자신의 상박 안쪽을 계속해서 찬찬히 쓰다듬는다. 이런 것을 애무라고 하는 거야. 과연 그렇군. 멀리서 이탈리아인 농부가 혼자서 마른풀을 긁어모으고 있다. 그 외에는 아무것도 보이지 않는다. 때때로 시원한 바람이 건너간다.

"일본 여자는 따분해."

"모-두?"

"모-두. 이탈리아 여자는 남자를 싫증나게 하지 않아."

"모-두?"

"뭐, 모두지."

남자를 싫증나게 하지 않는다니, 그게 어떤 걸까. 정말로 모르겠다.

"어떤 식으로?"

"화제가 풍부하다고."

"어떤 식으로?"

"말로는 표현할 수 없어. 나 말이야, 여기 온 지 얼마 안 됐을 때 거의 말을 못했잖아. 그런데도 전혀 싫증나지 않는 거야. 말이 통하지 않는다는 것도 나름 괜찮더라고."

알 듯 모를 듯한, 그러다 다시 알 것도 같은 말이었다.

"말을 못하는데도 여자를 낚을 수 있어?"

"나는 그래."

웃지도 않고 바람둥이는 말한다. 나는 몸을 뒤로 젖히고 웃었다.

"가슴이 뭉클해지는 경험을 한 적이 있었어. 그때 좋았는데."

"가슴 뭉클해지는 경험? 좋아, 자랑해봐. 들어줄게."

"여기 막 왔을 무렵. 유부녀였어. 난 말을 못하잖아, 그게 좋았지."

"그건 이미 말했고."

"있지, 이탈리아 여자는 시집갈 때까지는 엄마가 딱 붙어서 한시도 떨어지지 않아. 말도 못하게 완고해. 가톨릭이니까. 시집갈 때까지는 처녀여야 해. 여하튼 하느님 수중에 있는 거지. 하지만 시집만 가면 확 벗어나는 거야."

"하느님이 놔준대?"

"그게 그렇더라고."

나는 하느님이 무엇을 허락하고 무엇을 허락하지 않는지 알 수 없었지만, 그런 건가보다 하고 생각했다.

"그래서 어쨌든 그 여자랑 나는…… 음, 그렇게 됐지. 우리 집에서 같이 있다가 둘이서 나오잖아, 그러면 바로 앞에 교회가 있었어. 그 여자가 나보고 교회 밖에서 기다리라는 거야. 바로 그때 가슴이 뭉클해지더라고."

"교회에 가서 뭘 하는데?"

"하느님한테 참회하러 간 거야. 난 그때 밖에서 기다리면서 울 뻔했어. 끝내줬지."

나는 그때 바람둥이가 무엇에 뭉클했는지 알 수 없었다. 그러나 하느님을 믿는다는 것은 참 편리한 일이구나 하고 감탄했다. 감탄했더니 나도 모르게 깔깔깔 웃음이 나왔다.

"이탈리아인은 남자도 그래. 바람피운 다음에는 후다닥 교회로 달려 들어가. 나왔을 땐 양손을 펼치고, 그야말로 기분이 상쾌해져서 교회 앞에서 여자를 낚아."

"하느님 참 엉망진창이네."

"그래도 그때 그 여자하고는 끝내줬어."

나와 바람둥이는 옛 동급생의 친근함으로, 그 여름, 이탈리아의 넓은 거리를 여기저기 목적도 없이 돌아다녔다. 바람둥이는 늘 돈이 없었다. 돌아다니면서 "나 일본인으로는 안 보이지?" 하며 양손을 펼치고 능숙한 이탈리아어로 노래를 부르기도 했다. 일본인으로 보이고 싶지 않은 바람둥이를, 나는 무척 진기한 동물을 보듯이 바라봤다.

"아침에, 내가 자고 있을 때 와도 돼."

"뭐하러?"

"아니, 혹시라도 나 자는 얼굴 보고 싶을까 해서"

하고, 바람둥이는 빙긋 웃지도 않고 말한다.

나는 또 웃음이 터져 나와 미친 듯이 깔깔깔 웃었다.

몇 년이나 지났다. 바람둥이는 여전히 이탈리아의 넓은 거리를 돌아다니고 있을 것이다.

수많았던 기억은 지우개로 지워 놓은 것처럼 잔흔만 남아 있다. 그래도 기억은 떠오른다. 바람둥이가 기억나는 게 아니다. 유부녀가 교회에서 참회하는 것을 보고, 뭉클 눈물짓는 바람둥이의 마음을 몰랐던 당시의 나를 떠올리는 것이다.

그리고 늘 역시 잘 모르겠다.

단지 사랑에 미쳤을 때, 상대의 모든 것이 사랑스러워서 눈물짓고 싶어지는 시기였을지도 모른다, 하고 대충 끼워 맞춰 생각하기도 하지만, 그렇다면 하느님의 역할이 너무 하찮은 게 아닌가 하는 생각이 든다.

하느님에게 등을 돌리면서까지 자신을 사랑한 여자에게 마음이 흔들렸나. 그렇다면 그 바람둥이는 하느님을 믿었던 걸까. 아니면 하느님을 모르기 때문에야말로, 앞뒤 안 맞는 이미지가 부풀어 올랐던 걸까. 하지만 이탈리아 남자가 교회 앞에서 여자를 낚는 모습은 참으로 실감 나게 말해주지 않았던가.

"뭉클했어."…… "뭉클했어"…… 그렇다면 왜, 어째서? 나는 옆에서 텔레비전을 보고 있는 남자의 얼굴을 말끄러미 바라본다. "왜?" 하고 나는 말한다. 남자는 깜짝 놀라서 "뭐가?" 하고 내 얼굴을 본다.

"왜냐고" 하며, 뒹굴며 만화를 보는 아들을 잡고 흔든다.

"뭘?" 하고 아들은 얼굴에 성질을 담아 나를 노려본다.

"왜 그대들은 거기 있는 거냐고, 으응, 왜?"

난 정말은 아무것도 모른다. 왜 거기에 책이 있고, 왜 그 옆에 라이터가 있는지. 바람둥이의 마음만 모르는 게 아니라 아무것도 모르는 거다. 나는 곰같이 걸어 돌아다닌다. 어째서 나는 곰같이 걸어 돌아다니는 거냐. 왜, 어째서. 어째서 나는 여기에 있는 거냐.

이탈리아 영화가 끝났다.

"엄마 때문에 정신 사나워서 못 살겠어."

"아 – 미안. 거기 라이터 좀 집어줘. 아, 담배가 한 개비밖에 없네."

나는 한 개비 남은 담배에 불을 붙인다.

남자는 텔레비전을 끄고 읽고 있던 책을 다시 읽기 시작한다.

집

"너네 집 말이야, 분명히 말하겠는데 그건 쇼룸이야. 왜, 그 여성잡지 인테리어 특집 같은 데 많이 나오는, 무슨 견본 같이 깨끗하게 치워져 있는 집 말이야. 나는 그-런 집을 볼 때마다, 아- 사진 찍기 위해서 집안을 필사적으로 치웠겠구나, 힘들었겠구나 하는 생각부터 하게 되더라고. 그런데 그-런 집이 정말로 있는 거야. 얘네 집이 그래. 여기저기 잡지에 마구 나오고 말이야, 그게 안 좋았던 거 아냐? 뭐랄까, 모-든 게 남한테 보여주기 위해서 놓여 있고. 그러니까 말이지, 그런 잡지에 나온 집들을 보면 남편도 아내도 남한테 보여주기 위해서 있는 것 같거든. 남자는 수염 기르고 말이지. 너도 그렇잖아. 행복의 견본처럼 잔뜩 멋 부린 옷을 입고 말이야. 게다가 분명히 말해서 너 미인이잖아. 뿌루퉁하니 못생겼다면 좋았을걸. 안 어울리잖아, 그 새하얀 집에 턱하니 못생긴 여자가 있으면 말이야. 그랬어야 하는데. 그러면 잡지에도 안 나왔을 텐데. 거기서부터 잘못된 거야."

"글쎄, 잡지에 나가고 싶어서 나간 게 아니야. 청하는데 거절하기 미안해서 나간 것뿐이라고."

"거봐, 청한 거잖아. 이 집 봐보라고, 이렇게 지저분하잖아. 이런 집에는 단언컨대 사진 좀 찍자고 찾아오는 놈 없겠지? 요코 씨 못생겼고. 그러니까 남자가 집 나가는 일도 없다고. 으응, 그렇지요? 야마다 씨?"

"그러고 보니 나도 옛날엔 건축 잡지 표지에 나온 집에 살았네요. 아내도 미인이었습니다."

"그렇지요? 야마다 씨도 그래서 헤어진 거죠. 위자료 주고 말이야. 굉장하다니까, 야마다 씨 위자료 나도 받고 싶네. 어쨌든 그런 집에 살기 때문에 남자가 여자 만들어서 밖으로 나가버린 거라고. 너네 남편은 말이지, 지금 침낭 안에서 이렇게 웅크리고 사무실 바닥을 뒹굴고 있을 거야. 지금쯤 생각할걸, 집 같은 거 없으니 마음이 편하구나 하고."

"하지만 그이는 무척 다정하고 좋은 사람이야. 지금도 함께 테니스 치는걸. 아무도 우리가 이렇게 됐다고는 생각 안 해.

출장 여행을 갔다 올 때는 이-만큼 선물을 가져온다고. 그러니 내가 어떻게 헤어져. 나쁜 남자라고 생각 안 해?"

"그러니까 그것도 뭐랄까, 그렇게 되어서도 남한테 보이기 위한 남편과 아내에서 벗어날 수가 없는 거라고. 너네 남편도 너도 버릇이 돼버렸어. 자기도 모르게 자신이 카메라 앞에 서 있다고 생각하기 때문에 몸이 이-런 식으로 포즈를 잡고는, 아키히로 여행선물 고마워요 하고 교태를 부리며 말하겠지. 하지만 그 친구, 저쪽 여자한테는 여행선물을 이-렇게 산처럼 많이 가져다줄걸."

"그렇진 않을 거야."

"그렇다면, 더 위험해. 선물 같은 거 가져가지 않아도 마음이 통한다는 거잖아. 그냥 헤어져버려, 그런 집 부숴버리고."

"글쎄 우리 둘의 추억이 여기저기 스며들어 있어서 그런 용기가 안 나. 게다가 그 집은 모-두 그 사람이 설계했는걸. 그래서 맘에 들어 한다고."

"아하, 말하자면 그 집에 사는 여자만 맘에 안 듭니다, 이거구나. 맞아, 그거야. 네가 싫은 게 분명해."

"그런 거 같아. 그런데 어디가 어떤 식으로 맘에 들지 않는 건지 모르겠어."

"그건 차이는 쪽은 모르는 법이에요. 멍청하게 있을 뿐이에

요."

"야마다 씨 부인도 몰랐나요? 위자료만 엄청나게 받고."

"위자료 얘긴 그만하세요. 아내는 '나한테는 잘못 없어요' 하고는 나갔어요. 잘못이 없는 건 내 쪽이라고 생각했는데."

"그렇군, 부부는 양쪽 다 잘못이 없다고 생각하는군. 난 내가 잘못투성이라는 걸 아는데. 그래도 우리 집은 밝은 가정이야, 행복한 가정이라고요, 개도 이렇게 현관에 앉아 있고 말이지."

"부인은 이미 포기했다는 얼굴이에요."

"그래도 우리 집, 사진 같은 거 찍히지 않으니까 안심이야. 이쪽저쪽 누덕누덕 고친 데다 일부는 불이 나서 타버렸고. 안심 가정입니다."

"지저분하면 된다는 얘기?"

"암-. 글쎄, 내가 아는 유명한 건축가는 말이야, 알루미늄하고 유리만으로 된 집을 의욕에 차서 지어놓고는 말이지, 뭐, 그 근방 잡지란 잡지에 집 사진을 명함 대신 내밀었어. 멋있는 집이었어, 난 우주인이라도 됐나 했어. 그런데 집을 다 짓고 나더니 여자가 생겨서 나갔어. 직접 지은 집이라니까. 지금은 거기서 부인이 어두-운 눈을 하고 알루미늄과 유리 안에서 술독에 빠져 살고 있어. 어두-운 눈을 하고 말이지. 왜 그렇다고 생각해? 직접 지었고, 그야말로 예술이라고. 하지만 역시 예술은 그 안에서 사는 게 아니야. 남에게 보여주는 거야. 그래도 그 건축가, 여전히 자기 자신은 살 수 없는 집을 마구마구 짓고 있어. 그런 작자들은 무슨 생각을 하는 걸까. 보라고, 그런 집에 사는 주부들은 모두 이혼해. 부인이 어두-운 눈을 하고 술을 마시게 된다고. 집 같은 건 그냥 목수가 지으면 돼. 몬드리안의 그림 속에서 살 수 있겠어? 너네 집도 몬드리안의 그림이라고. 그래서 너도 납작한 네모진 색깔 같이 되어버렸어. 아키히로 씨는 5밀리미터 폭의 검은 직선이 되었고 말이야. 그래서 이쪽으로 달리고 저쪽으로 달리다가 액자를 뚫고 나가서 옆의 초온스런 그림 안으로 실례합니다, 하며 가버린 거야. 그러니 너도 이제 됐으니까 그만 헤어져. 집 부수고 말이야. 그래서 너도 르누아르의 여자같이, 그렇게 빛나는 육체를 가져 보라고. 좋잖아."

"싫어, 그런 뚱보."

플라스틱 양동이의 남자

네 살 때는 '내일'이 내가 생각할 수 있는 최대한의 미래였다. 열아홉 때는 미래는 영원히 계속될 것 같았다. 서른다섯 때, 나는 조금 지쳤다. 앞으로의 10년은 아이를 위해 애쓰자고 생각했다. 그리고 지금은 언제 죽어도 좋다는 생각이다.

은행에 가서 5만 엔을 찾았더니 마침 통장 잔액이 정확히 100만 엔이 되었다. 단 1엔의 우수리도 없이 깨끗하게 0이 6개 나란히 늘어서 있는 것을 보고 감탄했다. 그래서 전부 찾았다. 그랬더니 0이 1개가 되었고, 나는 실로 기분이 상쾌해져서 핸드백에 100만 엔을 넣고 이곳으로 왔다.

얼마 전에 남자와 함께 놀러 왔던 그리스의 작은 섬이다.

벼랑 위에 서 있는 작은 하얀 집을 빌렸다. 어느 집이나 벼랑 위에 서 있고, 온통 새하얗게 칠해 놓았다. 길도 하얗게 마구 칠해 놓았고, 담벼락 갈라진 틈에 나 있는 부겐빌레아 꽃의 하얀 줄기도 중간까지 하얗게 칠해 놓았다. 그 끝에 짙은 분홍색 꽃이 피어 있었다.

나는 아무것도 하지 않고 발코니에서 바다를 바라본다. 저거, 에게 해라고. 웃음이 절로 나오네. 아무한테도 말 안 했지만, 내 새 그림책, 앞으로 10만 부면 하루키의 〈상실의 시대〉를 따라잡는다니까. 앗하하하. 사쿠라가오카의 은행에서 매일 달그락달그락거리며 컴퓨터가 내 통장의 0을 늘리고 있을 거다. 앗하하. 언제 죽어도 좋아. 여기는 돈 쓸 일도 없으니 더 좋네.

발코니에서 벼랑 아래 길을 흘끗 내려다보니, 허름한 차림새의 남자가 당나귀를 데리고 느릿느릿 걸어온다. 당나귀 똥투성이인 길을 당나귀 똥을 바라보면서 느릿느릿 걷고 있다. 앗하하하.

냉장고를 여니 토마토밖에 들어 있지 않다. 난 부잔데 토마토밖에 들어 있지 않다.

그때 현관문이 끼익 열리더니, 덩치가 큰 남자가 양동이를 들고 나타났다. 사와노 히토시였다. 양동이 안에는 유리 닦는 세제와 스펀지가 들어 있다. "좋은 곳이네" 하고 그 남자가 말했다. 나는 깜짝 놀라서 냉장고 문을 닫았다.

"그게 말이야, 음, 사노 씨 집 유리가 더러울 것 같아서. 청소하러 왔어. 음, 나 말이지, 누군가에게 도움이 되면 참 좋겠다 싶어서. 홋홋홋. 그래, 여기서부터 시작할까나. 이 창문이 가장 크니까. 물은 어디? 아― 그래, 여기가 목욕탕? 이런 욕실에 밤에 외롭게 혼자서 몸을 담그는구나. 홋홋홋. 나도 나이 먹고 나니 혼자서 욕조에 들어갈 때마다 그런 생각을 하게 되더라고. 쓸쓸하지. 사노 씨도 나이 먹었잖아."

"당신, 뭐하러 온 거야?"

"유리창이 깨끗하면 기분 좋잖아."

"언제 왔어?"

"오늘. 그 비행기 굉장하더군. 짐을 길에다 그냥 홱 던져버리더라고. 유럽 녀석들은 굉장해. 반바지 입고 배낭만으로 어디든 가잖아. 물론 나야 짐이라고는 양동이뿐이라서 괜찮았지만."

"뭐 좀 마실래?"

"창 다 닦고 나서. 비행기 안에서도 창을 닦았어. 창이 요렇게 작아서 손가락으로 뱅글뱅글 했더니 끝이야. 재미없지. 그럼, 나 어서 해치울게."

사와노 히토시는 파란 플라스틱 양동이에 물을 담고는 바지를 걷어 올리고 유유히 유리창을 닦기 시작했다. 나는 부엌 테이블에 팔꿈치를 괴고 앉아서 사와노 히토시가 창문 닦는 것을 바라봤다.

"사노 씨, 그 남자 도망쳤구나."

"시끄러워!"

"더 젊고 좋은 여자가 생겼다면서? 홋홋홋. 이번 여자 젖가슴은 더 커, 하면서 떠났어? 홋홋홋"

"뭐 대단한 젖가슴도 아닐 거야. 젖가슴이 큰 여자는 머리가 비었을 게 분명하다고."

"사노 씨, 그런 일로 '으앙' 하고 머리카락 흩뜨리고 있는 모습은 보기가 추해. 하긴 여자는 원래 추해. 여자는 돈만 보여 주면 돼. 난 계산할 때 아무렇지도 않게 지갑을 여자한테 건네줘. 이 정도로 두꺼운 지갑 건네주면 얼굴색이 획 변해. 정말이야. 사와노, 너 수법이 지저분하구나 하는 소릴 듣지만 말이야. 그 녀석들 분한 거야. 돈이란 게 인쇄된 작은 종이일 뿐인데 말이야. 돈이 없을 때도 방법이 있지. 경치가 좋은 곳에 데려가는 거야. 높은 빌딩의 레스토랑 같은 데 말이야. 여자는 바보라서 야경이 아름다우면 절대로 그럴 마음이 된다니까. 홋홋홋. 요전번에 나, 히말라야에서 조난당했어. 100미터나 주우-욱 미끄러지면서 떨어져서 갈비뼈 네 개가 부러져 헬리콥터로 구조됐어. 그래도 나 죽지 않을 거라고 생각했어. 난 아직 쓸 만한 사람이 되지 않았으니까. 사람이 쓸 만해져서 떨어지면 죽어. 인간은 나이가 들면 마음의 상처는 나아도 몸의 상처는 낫지 않아. 사노 씨도 말이지, 남자한테 버림받고 쓸쓸히 욕조에 몸을 담구지만, 다리는 부러지면 안 나아. 돈도 없고 말이야. 티베트 놈들은 맨발로 100킬로미터쯤 걸어버려. 굉장히 빨라. 밤에도 자지 않고 쓱쓱 걸어가. 그리고 산에서 돌아오면 냄비를 번쩍번쩍 닦는 거야. 번쩍번쩍 닦는 거 참 좋구나 싶어서 나도 사노 씨네 유리창 닦아줄까 하는 생각을 했어. 요전번에 여자 집에 갔더니 굉장히 지저분하더라고. 화장은 깔끔하게 하는 미인인데 집은 굉장히 지저분해. 내가 쓱쓱 치워줬지. 그랬더니 이제 오지 마요 하고 나를 차버렸어. 훗훗훗. 사와노 미워, 하면서 말이야. 훗훗훗. 사노 씨는 돈 없지 나이 먹었지. 훗훗훗. 창이 깨끗하면 좋지?"

"말끝마다 돈 없다, 돈 없다, 내 책이 〈상실의 시대〉에 육박하고 있다니까."

"그 마음 알겠어. 훗훗훗. 이제 곧 4백만 부라고 되뇌면서 위안을 받으려는 거지. 그래봤자 허망한 일이라 쓸쓸히 욕조에 몸 담구고 있는 거지? 그 마음 알겠어. 남자한테 버림받고.”

“시끄러!”

“우리 집사람은 훌륭해. 다기차고 아름답고. 나, 굉장히 존경하고 있어. 사노 씨는 서부의 거친 남자 같아.”

“흥.”

“쓸쓸하고 어두운 집이네. 보면 알아. 꽃 좀 가져다 놔. 다음번에 내가 하나 가득 꽃 심어줄게. 그렇게 하면, 바다가 더 아름답게 보이겠지. 이케다 마스오*는, 에게 해에 바친다면서 바다 앞에 여자 발가벗겨놓고 돈 왕창 벌었어. 사노 씨는 뭉게뭉게 담배만 피우고 돈만 자꾸 써 없애잖아. 무라카미 하루키는 에게 해에서 〈상실의 시대〉를 만들어냈는데 말이야. 홋홋홋”

사와노 히토시는 창문을 닦고 욕조도 닦고 변기도 닦고, 콜라를 선 채로 마시고, “그럼 이만” 하고 돌아갔다. 파란 플라스틱 양동이에 세제를 넣고.

나는 섬 맨 꼭대기에 위치한 밋밋한 비행장에 고무슬리퍼를 끌고 배웅하러 갔다. 플라스틱 양동이를 든 사와노 히토시

---

* 일본의 화가, 판화가, 조각가, 작가, 영화감독. 1977년 〈에게 해에 바친다〉로 아쿠타가와상을 수상했다.

는 배낭을 등에 걸머진 금발의 늘씬하게 다리가 긴 아가씨 앞에서, 주머니에서 꺼낸 지갑을 펼치고 돈 자랑을 하고 있었다.

언제 죽어도 좋아 하면서도, 사와노 히토시 같은 별난 인물이 이 지상에 아직 서식하고 있다고 생각하면, 천상에 올라가는 것이 아쉽다는 생각도 든다. 좀 더 별난 사람 만나보고 싶어. 아무렇지도 않은 얼굴에 평범한 것 같으면서도 이상한 사람.

돈이 정말로 떨어졌기 때문에 다음 주에는 일본으로 돌아간다.

갑자기 달린다

카메라를 들고 다마 동물원에 갔다.

아이들만 뛰어 돌아다닌다. 아이들은 서로 장난치면서 한 눈도 안 팔고 꼬불꼬불 굽은 길을 달린다. 때때로 동물이 눈에 들어오면, "앗, 너구리다, 냄새 나, 구려" 하고 주고받고 순식간에 또 달려간다.

나는 내 아이를 처음으로 동물원에 데려갔던 때가 생각났다. 나는 아이가 기린이나 코끼리를 처음 보고는 신기하고 놀라워서 눈이 동그래질 거라고 생각했다. 하지만 아직 아장아장 걸음을 하는 아들은 길바닥에 쭈그리고 앉아 길을 가로질러 가는 개미의 행렬에 온통 시선을 빼앗겼다. 작은 가지로 쿡쿡 계속해서 개미를 찔러댔다. 기린이 들어 있는 우리 앞에서, 기린은 거들떠보지도 않고.

아테네의 아크로폴리스 앞에서 쭈그리고 앉아 물끄러미 물 웅덩이를 들여다보는 백인 아이가 있었다. 그 옆의 어른들은 파란 하늘을 향해 우뚝 솟은 돌기둥을 입이 딱 벌어져 쳐다보고 있었다. 수염을 기른 아버지는 언덕 위의 아크로폴리스를 가리키며 물웅덩이에 정신이 팔린 아이에게 무슨 말인가를 했다. 하지만 아이는 물웅덩이에서 얼굴을 들지 않았다. 그러고 나서 또 다른 물웅덩이를 향해 달려갔다.

나는 곰 우리 앞에서 곰 사진을 찍었다. 곰은 거의 인간과 같은 모습으로 두 발로 일어서거나 우리를 신기한 듯이 보거나 했다. 그러다가 풀썩 양다리를 앞으로 뻗고 앉아 하품을 했다. 그러고는 갑자기 달려가 다른 곰과 치고받기 시작했다. 그리고 둘이서 하늘을 쳐다보고 쿠오오 쿠오오 울부짖었다. 온몸의 가죽이 굼실굼실 펄럭였다. 그러고는 따분하다는 듯이 털썩털썩 네발걸음으로 물속으로 걸어 들어가더니 온천욕을 하는 할아버지 같은 얼굴을 하고 눈을 멀뚱멀뚱하고 있었다.

나는 사진을 찍다 말고 우리 위에 턱을 괸 채 물끄러미 곰을 바라봤다. 사진을 찍어서 그것으로 곰 그림을 그리는 것보다 이렇게 곰을 물끄러미 바라보고 있는 편이 훨씬 재미있다.

곰 앞에서는 나 자신이 무력하다는 생각을 하며 나는 계속 곰을 바라본다.

왜 아이들은 뛰어 돌아다니기만 하는 걸까.

산타마 지구의 전화번호부에 양돈장은 세 집밖에 없었다. 전화를 했더니 두 집은 이미 돼지를 키우지 않는다고 했다.

나는 카메라를 들고 남은 한 집을 찾아갔다. 가도 가도 평범한 주택뿐이었다. 이런 동네에 과연 돼지를 사육하는 집이 있을까.

후지와라라는 이름을 찾았다. 후지와라라는 문패를 내건 집들은 여러 채가 있었는데 하나같이 참으로 샐러리맨이 살 것 같은 분위기를 풍기는 모르타르 2층집으로, 좁은 마당에 빨래가 널려 있었다. 돼지 따위는 어디에도 없었다. 계속해서 차를 몰고 가다보니 어디선가 돼지 냄새가 났다.

그 냄새를 향하여 인가 속을 빙빙 돌아서 달리는데 돼지 냄새가 갑자기 강렬해졌다. 돼지 축사가 두 채 나란히 있는 게 눈에 들어왔다. 푸우푸우 꽤액꽤액 돼지 울음소리가 났다. 돼지 축사 주위에는 양배추 밭이 있고 양배추 밭 옆에는 딱 봐도 집장사가 지은 것으로 보이는 집들이 빈틈없이 줄지어 서 있었다.

돼지 축사 쪽으로 걸어가니 장화를 신은 작업바지의 남자가 목장갑을 끼고 걸어왔다.

"저, 아까 전화한 사람인데요. 돼지 그림을 그리려고요, 사진을 좀 찍어도 될까요?"

하고 나는 카메라를 내밀며 말했다.

"아 – 아 – 아 – 좀 전에 말이죠."

남자는 나를 위에서 아래로 훑어봤다.

"안에 들어갈 수 있을라나. 신발이 더러워질 텐데."

"괜찮습니다."

"그렇다면 어디든 맘껏 들어가서 뭐든 해보세요. 하지만 처음에 축사 들어가면 냄새가 지독할 거예요."

돼지 축사 안은 어두웠다. 돼지 축사는 여러 개의 네모난 판자로 칸막이가 되어 있었는데, 두 평 남짓한 우리 안에는 돼지들이 경단처럼 뭉쳐서 밀치락달치락 꿈틀거리고 있었다. 축사 한가운데에 콘크리트로 된 통로가 있고, 양쪽으로 푸우푸우 꽤액꽤액 하는 돼지들만이 있었다. 돼지는 한 마리 한 마리가 한결같이 더러웠다. 각오는 했지만 눈에서 눈물이 나왔다. 암모니아 냄새가 날카로운 화살처럼 코를 겨냥하여 찔러왔다. 가슴과 위가 크게 울렁거려 토할 뻔했다. 어두운 데다가 돼지가 서로 뒤엉켜 있어서 동불원의 곰 같이 독립된 형태를 이루지 않는다.

나는 셔터를 누르면서, "몇 마리 있나요?" 하고 물었다.

"글쎄, 이쪽에 2백 마리. 저쪽이 크니까, 저쪽은 3백 마리쯤 있을까. 냄새에 익숙해진 사람이 아니면 좀처럼 안으로 들어올 수 없어요. 그래도 바닥을 하루 세 번 물청소한 덕에 이 정도라우."

"돼지는 얼굴이 짧을 거라고 생각했는데, 꽤 기네요."

"지금 일본에는 어디를 가도 옛날 돼지는 없어요. 이건 미국의 개량종인데 반년이면 팔려나가요. 회전이 빠르다니까. 이제 일본에 있는 돼지는 온통 이게 돼버렸지요."

우리 안에는 수도가 항상 틀어놓은 채로 있었고, 돼지는 거기서 직접 물을 마셨다.

"냄새 안 나요?"

"냄새 나요."

나는 눈물을 참으려 눈을 깜박거렸고 속도 계속해서 울렁거렸다.

"천천히 필요한 만큼 찍어요. 그래봤자 익숙하지 않아서 오래는 못 버틸 테지만."

"저쪽 축사에 가봐도 될까요?"

"아아, 좋을 대로 해요."

남자는 밖으로 나갔다.

나는 두 동의 돼지 축사에서 필름 세 통을 썼다.

남자는 축사 밖에 서 있었다.

"뭐 좀 도움이 됐나요?"

"정말로 큰 도움이 됐어요. 이제 이곳밖에 전화번호부에 실려 있지 않아서."

"이 주변은 옛날부터 돼지를 키웠지요. 우리 집도 돼지를 키운 지 백 년도 더 됐으니까요. 이 주변은 모두 돼지 키우는 집들뿐이었어요. 후지와라란 문패를 단 집이 여러 채 있었지요? 모두 돼지 키우던 집이었어요. 당신은 운이 좋은 거요. 우리도 올해로 이제 돼지 그만둬야 하거든요. 집들이 빽빽이 들어서다보니까, 이웃집에서 민원들을 내놔싸서. 하긴 냄새가 지독하긴 하지요."

"민원이라니, 댁 쪽이 옛날부터 여기 있어왔잖아요. 쭉 선조대대로 여기 있는 거잖아요. 그걸 알면서 저 사람들은 온 거고요. 너무 제멋대로 아니에요?"

"그건 그렇지만, 세상이 점점 변하잖아요. 우리는 돼지 속에서 자랐으니까 냄새가 나니 어쩌니 하는 소릴 못 하지만요. 세상이 점점 말이지요. 이렇게 몇 백 마리 키워도요, 돼지 출하할 땐 역시 괴로워요. 비록 반년 동안이라고 해도 고생해서 키운 것들이니까."

"냄새 난다고 하는 사람들은 돼지고기 안 먹나요? 먹으면서 불평하는 거예요?"

"뭐, 그야, 하지만 세상이 점점 변하잖아요."

그때 여자아이의 새된 목소리가 났다.

"돼지야~, 냄새 나~, 냄새 나~, 나가라, 돼지똥~. 돼지오줌~, 돼지, 나가라."

여자아이 둘이서 과장되게 코를 감싸 쥐고 달려갔다. 그리고 멈춰서더니 남자를 향해서 작은 돌을 던졌다.

"세상이 점점 말이지요, 저-래요."

여자아이는 둘이서 다시 빙글 방향을 바꾸어 손을 잡고 우리 앞을 달려갔다.

아이들은 왜 갑자기 달리는 걸까.

나의 죄

어디에 입고 갈 목적으로 산 옷이 아니다. 어깨를 드러낸 검은 고급 벨벳 이브닝드레스는 황금색 스포트라이트를 받으며 쇼윈도 안에 우뚝 서 있었다. 아무 장식도 없는 이런 완벽한 자태의 이브닝드레스는 이미 옷이 아니야. 천을 조각한 거라고 해야 해. 나는 나 이외의 여자가 이런 드레스를 입는 것을 상상할 수 없었다.

탈의실 거울 안의 나는 완벽했다. 나는 내 어깨를 더욱 강조하기 위해, 목을 감고 흘러내리는 여유롭게 웨이브 진 긴 머리를 한 묶음으로 모아서 헤어핀으로 고정시켰다. 하얀 목덜미가 드러나면서 어깨, 팔, 손가락 마지막 마디까지 이어지는 곡선. 마티스라 한들 이렇게 그릴 수 있을까.

탈의실의 문에서 조심스럽게 똑똑 소리가 나고, 중년의 점포 매니저가 낮은 목소리로 "어쩌세요?" 하고 속삭인다. "들어오세요" 하고 나는 빙그르르 돌아 매니저에게로 향해 양손을 펼치며 생긋 웃어 보였다. 매니저가 숨을 삼키는 게 보였다.

오륙 년 전부터 조금씩 잡지와 텔레비전에서 거론되기 시작하더니 올해가 되어서는 완전히 폭발했다. 내가 하는 일 이야기다. 나 자신도 어떻게 대응해야 좋을지 모를 정도다. 세어보니 이번 달에만 다섯 개의 여성지가 내 기사를 내보냈고 예술 잡지에서는 거물 평론가가 내 작품에 대한 비평을 썼다. 그리고 늘 내 작품보다 내 사진이 더 크게 실렸다. '아름다운 사람, 화려한 작품'과 같은 묘한 타이틀과 함께.

일은 노동이다. 직접 실을 고르고, 그리고 내가 개발한 직조 방법과 염색법을 일하는 사람에게 지시하고, 몇 번이나 되풀이해서 견본을 만들게 한다. 그리고 마지막으로 내 손으로 직접 독특한 가공을 더한다. 15년이나 묵묵히 그렇게 해 왔다.

미즈하라 몬 씨가 무대에서 내 의상을 최초로 입어줬다. 이어서 아카자와 히로시의 영화 의상을 맡았다. 작품의 가격은 제멋대로 올라가서 순식간에 한 벌에 5백만 엔이 되다보니, 누구보다도 내가 더 놀랐다.

영화 상영과 동시에 의상 전시회를 열기로 했다. '세계적 감독 아카자와'의 영화라기보다, '아아, 마도카 마리에가 만든 의상의' 영화라고들 한다고 신문기자가 일러줬다.

나는 세계적 스케일을 지닌 최초의 기모노 디자이너가 되었다. 오프닝 파티에서는 그 검은 벨벳 이브닝드레스를 입었다.

대여배우도 신참 여배우도 내 기모노를 입고 나타났다. 입구가 어수선한 것은 텔레비전 카메라가 세 대나 들어왔기 때문이다. 아첨꾼 신문기자가 소리를 지른다.

"내 허가 없이 10센티미터 이내에는 근접하지 말도록. 이봐, 너, 그 손, 조금 뒤로 빼라고. 맥주가 마리에 씨에게 쏟아지면 어떻게 해"

"멋있네요, 이렇게 한 번에 진열하니까 영화와는 또 다른 마리에 씨만의 세계가 되는군요. 35년산 로마네 콩티에 취한 것 같아."

미국 쪽에서 평판이 높은 그림쟁이가 내 옆에 와서 넋을 잃고 유독 행복해 보이는 얼굴로 말했다.

"고마워요"

"얄미워라, 이렇게 현란하게 색채를 뿌려 놓고는 자기는 검은 모던 드레스를 입고 나타나다니."

소설가 미키 히로시가 내 옆에서 어정버정하면서 말했다.

"또 그런 소릴, 아름다운 여배우들한테도 같은 소릴 하셨겠죠" 따위의 말을 나는 절대로 하지 않는다. 스크린의 미녀는 스크린 속에서만 미녀인 거다.

내 기모노를 힘껏 발돋움해서 입은 젊은 여배우가 다가와서 한숨을 쉰다.

"전 마리에 씨가 부러워요. 이런 예술적인 일을 하시는 게요."

"어머, 연기도 예술이에요. 당신은 이제부터잖아요."

"마리에 씨를 중심으로 해서 케이코 씨랑 이와무라 씨, 그래 미녀 셋이 나란히 서봐요."

신문사의 카메라맨이 외친다. 두 여배우는 인공적인 화장을 공들여 했다. 나는 짙은 로즈 립스틱을 발랐을 뿐이다. 어깨와 목이 가장 아름답게 보이도록 귀에 다이아 피어스만을 했다.

내가 가장 아름답다. 나에게는 신참 여배우 따위에게는 없는 존재감이 작품과 함께 있는 거다.

아첨꾼 신문기자는 마지막까지 성실하게 나에게 봉사했다. 나는 미처 다 들 수 없으리만치 수많은 꽃다발에 얼굴을 묻으

며 조명을 밝힌 완만한 계단을 내려갔다. 아첨꾼은 나머지 꽃다발을 들고 따라오면서,

"야아, 굉장해. 난 이런 오프닝 파티는 처음이에요. 야아, 미인은 굉장해. 뭐랄까, 영화 스타 같은 건 단지 꽃꽂이용 꽃일 뿐이에요. 나란히 세워놓고 보면 확실히 알 수 있어요. '세계적 감독 아카자와'도 마리에 씨의 미모에는 눈이 멀었을 겁니다. 생각해본 적 있어요? 자신이 추녀였다면 하는 가정. 한번쯤 생각해봐요. 어, 평생 생각할 일 없다고요? 아니, 그야, 당연하겠지요."

"바보 같은 소리 그만해요."

나는 벨벳 자락을 한손으로 살짝 들어 올리면서 천천히 계단을 내려간다. 역시 이 이브닝드레스는 나를 위한 것이었어.

"'세계적 감독 아카자와'는 마리에 씨가 이렇게 아름답지 않았다면 일을 의뢰하지도 않았을 거예요. 누가 추녀한테 의상 일을 맡기겠어요."

나는 천천히 꽃다발을 양손에서 놓고 멈춰 섰다. "어이쿠." 나한테 부딪칠 뻔한 아첨꾼은 꽃과 함께 몸이 뒤로 넘어갔다.

나는 아첨꾼의 뺨을 있는 힘껏 갈겼다.

"내 작품이 내 미모만 못하단 거예요? 그런 거예요? 예쁘게 태어난 것도 죄예요?"

나는 에나멜 구두로 꽃을 짓밟으며 천천히 계단을 내려
갔다.

뉴욕 뉴욕

타원형의 두터운 흰 접시에 소형 팬케이크가 열두세 장 수북이 쌓여 있다. 그 아래 다시 엄청 큰 햄이 두 장. 접시는 이가 나갔고 햄을 들치니 자잘한 금이 셀 수 없이 나 있어서 접시 색깔이 회색에 가깝다.

"이게 미국인이 보통 먹는 양인가?"

나는 팬케이크의 양에 압도되어서 감자까지 주문하지 않은 걸 다행이라고 생각하고, 남편에게 "이것도 좀 먹어요" 하면서 오렌지주스를 마셨다. 옆을 보니 젊은 미국인 남자 둘이 성대한 양의 와플과 감자와 계란을 먹고 있다. 청바지에 지저분한 스니커, 둘 다 손등까지 텁수룩이 털이 나 있다.

남편은 너무 구워서 새카매진 잉글리시 머핀에 버터를 바

르면서,

"나 말이야, 어제 거울에 비친 내 모습을 보고 충격 먹었어"
했다.

그 모던하고 새하얀 부티크에서 내가 옷을 뒤지는 동안, 남
편은 내 짐에 파묻혀서 진심으로 지겨운 얼굴을 하고 검은 안
락의자에 앉아 있었다.

"언제부터 그랬는데, 그걸 이제야 알았어요?"

"그 정도일 줄은 몰랐어."

남편은 연한 커피를 휘저으면서,

"난 앞으로 어떤 옷을 입어야 좋을까."

"당신은 벌써 오래전부터 옷 고르는 게 쉽지 않게 됐어요."

"회사 다니는 인간들은 편해서 좋겠어. 언제든 짙은 쥐색
양복만 입으면 되니까."

"여하튼 계속해서 더 안 좋아질 거니까, 사실을 인정하는
게 좋아요. 나도 정말로 뭘 입어도 점점 더 안 어울려요. 안
어울리니까 하고 벌거벗고 보면 이게 또 으악 하고 양손으로
눈을 가리게 되는 거예요. 정말 짜증 나. 분명 젊을 때는 벗은
몸이 가장 아름다웠을 텐데. 아무리 못생긴 여자라도 말이지
요."

"계란 먹을 거야?"

"여기서 더 살찌면 어떻게 손도 못 써요."

"나 이제 옛날 장인匠人들이 입던, 앞치마 딸린 펑퍼짐한 옷 같은 거나 입을까봐. 아니면, 시골 할아버지들처럼 입을까?"

옆자리의 젊은 남자는 귀에 피어스를 하고 가슴에서 비어 져 나온 털 속에 십자가를 늘어뜨리고 있다. 이 작자들도 나이를 먹는다. 화려한 인공 모피를 입은 뚱뚱한 할머니 2인조가 비틀비틀 들어와 남편 뒤에 앉았다. 머리털이 새하얗게 곤두선 것을 둥글게 잘라서, 원자폭탄의 버섯구름처럼 만들어 놓았다. 검버섯이 드러난 팔에 굵은 금색 팔찌를 하고 새빨간 립스틱을 발랐다. 모피 속에 입은 스웨터는 핑크와 보라가 섞인 얼룩무늬다. 이 사람들에게도 벌거벗은 몸이 빛나듯이 젊고 아름다웠던 나날이 있었을 것이다. 1930년대? 40년대? 그때는 커다란 오픈카를 탄 하이틴이었을까.

"작업용 앞치마를 두르고 다니겠다고요?"

"그래도 별로겠지?"

"할배 화가풍으로 다니는 게 좀 낫지 않을까요?"

"화가 쪽이 더 멋쟁이일까?"

"화가란 게 늘 지저분한 옷을 걸치고 사는 것 같지만, 노련해지면 지저분한 속에서도 깊은 맛이 나지 않을까요?"

"더 이상 티셔츠에 청바지는 입지 말아야 할까봐. 아, 뭘 입어야 좋을까."

"어떤 이미지를 보여 주고 싶은데요?"

"이미지 같은 거 없어. 지저분한 할배로만 보이지 않으면 돼. 그래도 난 티셔츠에 청바지가 가장 좋은데 말이야."

키가 큰, 잘 닦아놓은 쇠붙이처럼 번들거리는 팽팽한 몸의 흑인이 들어왔다. 가죽점퍼 안에 새하얀 티셔츠를 입고 길게 쭉 뻗은 다리를 청바지에 처박은 채 맨 안쪽 자리에 앉았다.

"아아, 저 녀석들 멋지구나."

요전번에 아들이 말했다.

"엄마, 일본인은 외국에 가면 바보 취급당한다고 생각 안 해?"

"생각해."

"왜 그렇다고 생각해? 외모 때문이야, 폼이 안 나. 나도 런던 거리를 거닐 때 반대쪽에서 일본인이 오면 화가 치밀었다고. 너무 폼이 안 나는 거야. 상대도 나를 보고 그렇게 생각한다는 걸 알 수 있었어. 그러니까 옆에 오면 모른 척하는 거야. 그거 폼이 안 따라 주는 국민의 특징일지도 몰라."

어쩔 수 없다. 숙명이란 거다.

"그러엄, 옛 화가풍으로 터틀넥에 코르덴 재킷 정도로 하는 건?"

"으-음, 평범하지만 그럭저럭 무난한가. 그냥 소수민족풍으로 갈까나. 인도의 인텔리풍이라든가 부탄의 귀족풍이라든가, 중국의 인민복풍이라든가."

"부탄의 귀족을 알아요?"

"언젠가 천황의 장례식에 부탄 왕이 왔었잖아. 맨발에 샌들 차림이었는데 추웠을 거야. 아, 그런 차림은 겨울이 힘들겠어."

"하지만 티셔츠를 좋아하잖아요. 그래도 티셔츠 중에서 피카소의 그림이나 뼈 무늬가 있는 건 버리는 게 좋겠어요. 티셔츠는 하양, 새하얀 게 좋아요. 입다가 조금이라도 색이 바래면 버리는 거예요."

나는 하얀 티셔츠를 입은 흑인의, 눈에 스며드는 것 같은 모습을 보며 말했다. 그래봤자 같아질 리 없는데도.

"아- 촌마게*는 참 잘 만들어진 거였어. 머리가 벗어져도 묶을 수 있게 되어 있잖아. 나도 머리숱이 많이 줄었는데……"

"크로커스 좀 봐, 갑자기 피네."

창밖으로 보이는 거리의 가로수 밑으로 어제는 미처 알아

---

* 에도 시대 남자의 일본식 상투 머리.

차리지 못한 크로커스가 샛노랗게 피어 있었다. 그때 문으로 이상한 것이 들어왔다. 기모노에 하카마, 지팡이를 들고 돈비[*]를 입은 백발의 노인. 노인 뒤에는, 숄, 은회색의 기모노, 그 위에 회색 일본식 코트를 차려입은 초로의 여자.

가게 안의 사람들의 놀란 시선이 그들에게 모였다. 백발의 노인은 당당하게 앉았고, 부인인 듯한 여자는 오도카니 앉았다. 스페인계로 보이는 뚱뚱한 웨이터가 웃는 얼굴로 다가갔다.

"나는 커피. 아내에게는 오렌지주스를 주오."

노인은 실로 아름다운 영국풍 발음으로 말했다. '주오'란 건 영어에는 없을지도 모르지만, 나에게는 그렇게 들렸다. 웨이터는 정중히 머리를 숙였다. 자연히 정중하게 되어버리는 모양이다.

"과격한 할아버지네."

남편은 조심스럽게 감탄을 표했다. 일본인의 외모? 그런 걸 초월했다.

우리는 서로를 빤히 쳐다봤다. 침묵.

입을 것이 없는 초로의 우리. 침묵.

---

[*] 소매가 넓은 일본식 남자 외투.

♦ ♦ ♦

고로

"나 개 안 좋아해, 돌려주고 와"

토실토실 살찐 봉제인형 같은 강아지가 거구의 남자 니시다의 발밑으로 다가가자, 니시다는 "히-익" 하고 비명을 질렀다. 딸 에리와 아내 미치코는 깔깔 웃고,

"아빠, 이 세상에 강아지만큼 귀여운 건 없어요. 봐요, 자 이쪽으로 오렴, 응, 글쎄 아빤 너 싫대."

에리는 자기가 얻어온 강아지인데도 아직 어리다보니 물고 빨듯이 돌본 것은 처음뿐이었다.

"그러니까 말했잖아. 난 산책 같은 거 절대로 안 데리고 나가."

미치코는 에리에게 "약속이 틀리잖니" 하고 몇 번이나 말했지만, 에리는 뒹굴며 책만 본다.

산책하러 데리고 나가지 않으면 개는 차고의 콘크리트 바닥에 응가를 한다. 깨끗한 것을 좋아하는 니시다는, "차고에 개똥이라니. 난 용납 못해, 이 멍청한 개새끼 같으니라고" 하면서 매일 개를 산책시키는 역할을 맡게 되고 말았다. 산책하는 내내 니시다는 끊임없이 계속해서 개에게 큰소리쳤다.

"넌 어제 똥 눈 곳이 생각 안 나니? 어쩌자고 이렇게 별나게 멍청한 개가 우리 집으로 온 거냐." "이 멍청한 것아, 자기 똥을 밟는 개가 어디 있냐고."

아내 미치코도 개가 성견이 다 되어오자,

"저 개, 정말로 멍청이 아냐? 내가 외출했다 돌아올 때는 짖으면서 가스배달원이나 외판원이 오면 꼬리를 말고 가만히 있어. 집 지키는 개도 못 되겠어"

하기 시작했다.

"도대체 밥 먹는 게 상스러워. 개만도 못하다는 말이 있는데, 저렇게 허겁지겁 먹는 개는 보다보다 처음이야."

니시다는 하루에도 몇 번이나 미워 죽겠다는 듯이 소리를 질렀다.

"어어— 고로 귀여운데 왜? 아빠, 너무 욕하지 마요. 불쌍해

요."

그러는 에리는 변함없이 고로를 돌보지 않는다.

"앤 도대체 뭐냐고, 자기 집을 몰라. 매일 옆집 차고로 들어가려고 하잖아. 자기 집을 모르는 개가 어디 있어."

정말로 멍청한 게 맞나보다. 엉뚱한 시간에 깨갱깨갱 울기 시작한다. 언제까지나 울음을 그치지 않는다.

"이상한 사람이 왔을지도 몰라" 하고 에리가 뛰어나가 봤지만, "이상하네. 아무도 없어. 엄마, 고로 아픈가봐."

그러나 개는 식욕이 왕성하고 묵직하니 훌륭하게 응가를 한다. 코도 미끈미끈 검다. 그래도 매일 밤 엉뚱한 시간에 운다. 그럴 때마다 니시다는 "이놈, 어디 가만두나 보자" 하고 신문지를 둘둘 말아 들고 뛰쳐나간다. 차고에서 철썩철썩 하고 개 때리는 소리가 난다. 그 소리 사이사이에 "이 멍청한 놈" 하는 니시다의 고함이 들린다. 잠시 후 개는 울음을 그쳤다.

매일 밤, 니시다는 "이놈" 하며 신문을 한 손에 들고 뛰쳐나가게 됐다. 그리고 "오늘 신문 어쨌어? 미치코, 신문 어딨어?" 하고 묻는다.

"아까, 당신이 둘둘 말지 않았어요? 날짜 좀 확인하고 말아요."

니시다는 쓰레기통 속에서 찢어진 신문을 꺼내서는,

"난 저 개가 있는 것만으로도 이 집에 있는 게 싫어져. 있지, 미치코, 보건소에 데려갈까?"

하고, 엄청 풀이 죽은 소리를 냈다.* 그리고 후줄근해진 신문을 혀를 끌끌 차면서 펼쳤다.

"설마 당신, 쟤도 살아 있는 생물이에요. 우리가 참아야지 어쩌겠어요."

에리는 "아빠, 미워" 하더니 니시다에게 덤벼들며 눈물을 흘린다. "아빠 죽어버려. 악마, 살인자."

그리고 고로에게로 달려갔다.

"꺄악" 하는 에리의 소리가 난 건 그 직후였다. 니시다와 미치코가 구르듯이 뒷문 밖으로 나가보니, 에리의 손에서 피가 나고 있다.

"쓰다듬어줬을 뿐인데 고로가 물었어."

니시다는 에리를 의사한테 데려갔다. 대단한 상처는 아니었다.

"나 참. 발정기래. 멍청이한테 발정할 권리 따위는 없어."

"내가 갑자기 안으려고 했기 때문이지 고로가 나쁜 게 아니

---

* 일본에서는 보건소에 맡겨진 개가 일정 기간 내에 새 주인을 찾지 못하면 살처분한다.

야" 하고 에리는 변호하지만, 이 사건 이후로 미치코도 "정말로 예쁜 데라고는 없는 개야" 하고 말하게 됐다.

"개는 수명이 몇 년 정도지?" 하고 니시다는 미치코에게 묻는다.

"십이삼 년 아닐까요?"

"뭐라고? 그럼 앞으로 십 년을 저 바보 개랑 같이 지내야 된다고?"

"에리 앞에서는 그런 말 안 하는 게 좋아요."

고로는 순식간에 죽었다.

니시다가 산책용 끈으로 바꿔 묶으려 할 때 갑자기 집 밖으로 뛰쳐나가, 마침 집 앞을 지나가던 트럭에 치였다.

"이 멍청이가" 할 새도 없이 개는 두 번 경련을 일으키고 몸을 쭉 뻗더니, 겉으로 보이는 상처 없이 피 한 방울 흘리지 않고 죽었다.

에리는 "고로야-" 하고 외치며 울면서 끌어안았다.

셋이서 보건소에 데려갔다.

하얀 웃옷을 입은 직원은, "네, 알겠습니다" 하더니 목줄을 잡고 난폭하게 잡아끌었다.

"잠깐만요. 저, 애완동물 장의사가 있지 않나요?"

라고 한 것은 니시다였다. 에리는 하얀 리시안서스를 안고 울고 있다.

"그러시다면 여기로 가보든가요" 하고 직원은 미치코에게 종이를 건네고, "어떻게 하실 건가요?" 하고 무표정하게 물었다.

"제대로 장례식을 치르고 화장해줄 거요."

니시다는 단호한 말투로 선언했다.

개를 안고 차로 돌아와 장의사로 향했다. 아무도 말을 하지 않았다.

검은 양복에 검은 넥타이를 맨 장의사 남자는 "이거 정말 얼마나 상심이 크십니까. 평온한 얼굴이네요" 하고 정중한 응대를 한다. 그러면서 척척 진행한다.

"어떻게 하시겠습니까? 합동장이란 건 오늘 죽은 동물들을 함께 모아서 화장하는 거라서 뼈는 돌려드릴 수 없습니다. 개별장이란 건 이 아이만 화장하는 거니까 뼈를 항아리에 담아서 드립니다. 무덤은 비용이 별도입니다."

"개별장입니다."

니시다는 분명하게 말했다.

"이것도 함께 화장해주실 수 있나요?"

하고 에리는 꽃을 건넸다. "그리고 육포를 좋아했으니까 이것도."

"이렇게 사랑받고 죽다니 행복한 아이로군요."

아무도 아무 말도 하지 않았다.

"무덤은 필요 없습니다. 마당에 묻겠습니다"

하고 마지막으로 니시다가 말했다.

매년, 니시다는 고함친다.

"에리, 오늘은 고로의 기일이야. 잡초 좀 뽑고 꽃 사와라. 미치코, 향은 있겠지?"

◆ ◆ ◆

만주*

"그러니까, 모두 합쳐서 몇 명이냐고."

올해 쉰인 장남은 머리털은 아직 새카맣지만, 그래도 마흔이나 서른으로는 보이지 않는다.

"오빠, 아까부터 말하잖아. 벌써 취했나봐. 다해서 열두 명이야."

삼녀는 벌써 마흔이 넘었지만 제법 젊어 보여서, 스물아홉으로 안 보일 것도 없다.

"너, 어머니는 빼먹었잖아. 한 집에 세 명이 네 집, 거기에 어머니까지 하면 열세 명이야."

---

* 밀가루·쌀가루·메밀가루 등으로 만든 반죽에 팥을 넣고 쪄서 만든 과자.

나이가 쉰이 넘은 장녀는 주름에 늘어진 턱, 머시룸커트. 기모노를 입은 것이 아무리 봐도 요상한 중년의 여자인데, 주부로도 식당 도우미로도 바의 호스티스로도 보이지 않는다.

 "그러니까 방이 넷 있으니까 코 고는 남자 둘하고 이 가는 남자하고 주사가 심한 켄을 한 방에서 자게 하고, 여자랑 손자들이랑 할머니를 함께 해서……"

 "됐어 됐어. 각자들 알아서 들어가 자자고. 응, 아까 종업원한테 팁 줬어. 팁 봉투 세 개 만들어두길 잘했지."

 "오빠, 지금 팁 얘길 왜 해요."

 "참, 어머니는?"

 "벌써 주무셔요."

 "아아, 오늘 모두 멀리서 어머니를 위해 이렇게 모여 줘서 고마워. 우리 남매가 이렇게 다 모인 게 대체 얼마 만이야. 다음 미수米壽까지 어떻게 될지 모르고."

 장남은 천성이 착실하고 소심하고 충직하다.

 "무슨 그런 말을. 우리야 놀러온다는 기분으로 어쩌다 온 거지만 오빠는 매일매일 어머니랑 올케언니 사이에서, 정말 몇 십 년 동안 하루하루 고생이 많았어요."

 "정말 미안해."

 "죄송스럽게 생각하시 않는 날이 하루도 없었어요. 고마워

요."

여자들은 말만은 능수능란하다.

"아니, 그렇게들 말하면 평소에 쌓인 말을 하기 힘들어지는데, 거 참 난처하군. 하지만 뭐 말이 나왔으니까 하는 말이지만 정말 술이 없었다면 견디기 힘들었을 거야."

"어머니가 많이 약해지셨어. 있잖아, 옛날엔 금방 신이 나서 떠드는 사람이었는데 왠지 오늘은 조용하셨어."

"치매가 쬐끔 왔어. 옛날의 드셌던 성정은 없어지긴 했지만, 최근에는 잘 삐치셔서 이게 또 큰일이야. 옛날에는 집사람이랑 요란하게 다퉈서, 나는 집 현관에 들어서다가 눈에 안 보이는 그 분위기 때문에, 발길을 돌려 다시 한잔 걸치러 간 적이 몇 번쯤 있었지. 응, 온 집안 공기가 말이야, 눈에 보이지도 않는데 뭔가가 확 밀려 와서 집 안으로 들어갈 수가 없는 거야. 집 안은 조용한데. 공기가 말이지."

여자 셋은 조용하다.

"하지만 어머니는 당신이 참고 산다고 생각할걸. 무슨 종교인가에 들어가서 자신이 착한 사람이 됐다고 생각하는 것 같았어."

차녀가 다다미를 문지르면서 말한다.

"어머니가 들어간 종교는 믿기만 하면 상대가 자신이 원하는 대로 되고 자기 형편도 편다고 하는 종교야. 오래가지는 않을 거야. 나는 종교란 게 그렇게 가르치면 안 된다고 생각해. 어머니 자신은 바뀌지 않으면서 며느리만 자기 원하는 대로 바뀌게 할 수는 없는 법이니까. 참 여기저기 많이도 다니셨지. 그래놓고 모두 도중에 그만두시는 거야."

"올케도 힘들겠네. 나 같으면 친부모라도 그렇게는 같이 못 살 거야."

장녀는 비위를 맞춰줄 셈이다.

"하지만 전보다 조금은 좋아지시지 않았어요? 아까 연회장에서 오빠 가족이랑 엄마가 가라오케 부르는 거, 모르는 사람이 봤으면 아주 부러운 가족으로 보였을 거예요."

삼녀는 무슨 일에서든 안 좋은 얘기가 불거져 나오는 것을 듣고 싶지 않은 거다.

"그러면 얼마나 좋겠니. 우리 집사람이 그래도 요즘 들어 조금은 포기하는 것 같더라고. 나는 낮에는 일하잖아. 집사람은 별로 사교적이질 않으니까 집에만 있는 거야. 옛날엔 집사람도 좀 너무하지 않은가 하고 생각했는데, 들어보니까 그렇지만도 않았어."

"엄마도 매일 스케줄이 있어서, 노래교실도 가고 보호사*도 하고 자주 밖에 나가지 않나?"

"하지만 어머니도 나이가 벌써 일흔일곱이라 정말로 좀 약해지셔서 밖에 나가는 것도 힘들어 보여. 오늘 같은 날도 손자 셋이 '할머니, 오래오래 사세요' 하면서 꽃다발 드렸을 때, 봐봐, 감정 변화가 극심한 양반이니 감격해서 울까 싶었는데, 의외로 당연하다는 식의 무표정이었지. 나이를 먹어서 자극이 잘 전달되지 않게 된 거야."

"50년 전에 그랬으면 얼마나 좋아. 지금 그 정도가 딱 좋은 건데."

장녀는 어린 시절, 어머니가 뭔가 못마땅하면 있는 대로 사납게 날뛰던 것을 여태 잊지 못하고 있다.

"누나, 말하지 않아도 알아."

장남은 그만하라는 태도로 나왔다.

장녀는 10년 전에 어머니를 동생 집에서 모셔오려고 생각했던 적이 있다. 마침 집을 지으려던 참이라서, 함께 산다면 설계를 어떻게 하는 게 좋을까 했더니, 어머니는,

"나는 내 방이 따로 하나 있어야겠다. 현관은 별도로 해줘. 너네 집에 오는 사람을 보고 싶지 않거든. 밥도 내가 좋아하

---

* 保護司, 범죄자의 개선·갱생을 돕고 범죄 예방을 맡는 민간 독지가.

는 대로 해 먹고 싶으니 부엌도 따로 해줄래?"

이제 막 이혼하고 최대한의 융자를 얻어, 없는 돈을 가지고 어떻게든 어머니를 위해 방 하나 정도를 마련하려던 장녀는, 어렸을 때부터 쌓였던 원망이 다시 온몸을 휘감았다.

"이 작은 집터에 어떻게? 나, 그럴 돈 없어요"

했더니,

"그럼 난 싫다"

하고 어머니는 딱 잘라 말했다.

어머니가 이처럼 자기 하고 싶은 대로니, 장아찌 자르는 방식부터 밥 짓는 법, 빨래 개는 법까지, 며느리에게 무엇 하나 자신의 방식을 결코 양보하는 일이 없는 나날이었을 것이다. 그 사이 올케가 생선 칼을 한번쯤 휘둘렀어도 뭐라고 못 했을 거라고 깊이 깨닫는다. 올케는 그런 생활을 21년이나 계속해온 거다. 아버지가 살아 계셨다면 어머니가 그 정도로 자기 마음대로일 수는 없지 않았을까.

"여하튼 여자 혼자 몸으로 넷을 키워낸 최전성기가 있잖아. 어머니도 그때가 당신의 최전성기라고 생각하고 있어. 사람 사는 게 같이 살아보지 않고는 모를 일이 많은 법이야. 그래도 고맙지. 어머니가 그런 고마운 마음을 담은 인사말을 하셨으니. 정말로 고마운 일이야. 어머니는 오늘을 엄청 기대하고 계셨거든. 멀리서 모두 한 사람도 빠지지 않고 와줘서 나도 기뻐."

"오빠, 도저히 안 되겠다 할 때는 말해요. 다 같이 어떻게든 해볼 테니까."

"그래, 가장 힘든 시기는 끝났을지도 몰라. 요전번에 고타쓰 방에서 만주 먹는데, 집사람이 어머니가 먹다 남긴 만주를 먹는 걸 봤어. 옛날에는 생각도 못할 일이었어. 음, 맞아, 가장 힘든 때는 지나갔는지도 몰라. 앞으로 치매가 오면 또 모르겠지만 말이야. 어쨌든 오늘 어머니의 일흔일곱 생신에 모두들 축하해주러 와줘서 고마워. 글쎄 우리 집사람이 어머니의 잇자국이 나 있는 만주를 먹었다니까."

곳간 안의 은자

라이조는 여든다섯 살의 생애 중 55년을 곳간 속에서 지냈다.

어느 날 아침, 짠 된장국을 다 먹고 나서 라이조는 "나는 오늘부터 은거할 거다" 하고 엄숙하게 선언했다. 열다섯 살 먹은 아들 료도는 "빌어먹을 아버지야, 서른에 은거하는 놈이 어디 있냐고" 하고 소리치며 젓가락을 라이조에게 집어던졌다. 라이조는 열다섯 살에 스물여덟 먹은 호랑이할멈의 신랑이 되었다. 그 후 15년이 지나 이제 마흔셋이 된 호랑이할멈은 얼굴색 하나 변하지 않은 채 밥상을 치우고 밭으로 갔다. 그날 아침부터 라이조는 곳간 안에 자리 잡고 살았다.

라이조는 하루 온종일 곳간 2층에서 굵은 붓 가는 붓으로 글씨를 써 갈기고, 때때로 곳간에서 나오면 불단 아래 양초 상자에서 돈을 탈탈 털어 주머니에 넣고 80리 떨어진 읍내 헌 책방으로 나들이를 갔다. 라이조가 꿰매어 만든 얼룩투성이의 너덜너덜해진 책을 몽땅 사서 짊어지고 돌아오면, 마당의 소나무 그늘에서 료도가 튀어나와 달려들었다.

소나무 밑둥치에 개구리처럼 납작 뻗은 것은 료도 쪽이었다. 라이조는 6척5치의 거구로, 어디서 익혔는지 '타앗' 하면서 이 사람 저 사람 상관없이 내던지는 기술을 갖고 있었다. 호랑이할멈은 불단 앞에 가만히 있었다. 라이조는 툇마루에서 다다미방으로 뛰어오르더니 호랑이할멈을 때려눕히고 곳간으로 들어가 안에서 빗장을 질렀다.

30년 지나자 라이조는 머리가 벗어진 데다가 하얀 수염까지 길러서 중국의 현인 같은 풍모가 되었다. 온 마을의 아기 이름을 지어서 습자지에 새카맣게 적어줬다. 라이조는 마을 사람들에게 은자라고 불리며 공경을 받았다. 료도도 열여덟 때 열두 살 연상의 신부를 다섯 채 옆집에서 데려와서, 자식을 열셋 낳았지만, 라이조는 손자들의 이름은 한 장도 습자지에 쓰지 않았다.

마당에서 둘이 마주치기라도 하면, 라이조는 "타핫" 하고 기합을 넣으며 료도를 노려봤고, 료도는 "툇" 하고 소나무에

침을 뱉었다.

료도는 열세 명의 아이들의 이름을 라이조를 비꼬듯이, 남자아이는 첫 아이를 이치스케*라고 이름 짓고 아들은 낳는 족족 차례로 같은 방식으로 이름을 붙여 9번째 마지막 아들을 규스케(九助)라고 했고, 여자아이는 차례로 마쓰(松), 다케(竹), 우메(梅)로 해결하고, 마지막 여자아이를 도메**로 지었다.

칠십을 넘기자 라이조는 남북화南北畵 속의 선인처럼 보였다. 도쿄에서 피난 온 여자아이는 라이조를 보고는 "히나단***의 할아버지 인형이 살아 있어"라고 했다. 막내딸인 도메는 라이조가 있는 곳간에 눌러 붙어서 할아버지에게 자기 숙제를 맡겨 놓고, 하얀 수염을 세 가닥으로 땋아서 그 끝을 빨간 실로 묶고는, "할아버지, 귀엽네"라고 했다. 라이조는 손녀가 수염을 잡아당겨도 싱글벙글했다. 마당에서는 료도와 이치스케가 맞붙어 싸웠다. 료도는 "타핫" 하는 기술을 갖고 있지 않았기 때문에, 둘은 언제까지나 마당을 뒹굴며 돌았다. 료도도 서른 때부터 분재를 하기 시작하면서 밭에 안 나가

---

* 一助. '도울 조'가 들어가게 이름을 지음.

** '멈추다'란 뜻.

*** 여자아이들을 위한 축제인 히나마쓰리(3월 3일) 때 인형을 장식하는 단.

게 됐다. 이치스케가 그 분재를 죄다 소나무에 내동댕이쳐서 깼다. 그리고 이치스케는 열여덟이 되자 도쿄로 나가 목수가 됐다.

이치스케가 돌아온 것은 라이조의 장례식 때였다. 라이조는 온 마을의 교양과 인격의 심벌이 되어 있었으므로, 장례식은 성대했다. 료도가 이치스케를 향해 "이것으로 모두 모였구나" 하자, 이치스케는 "다음은 네놈 장례식에 또 모일 거다" 했다. 료도는 현관에 있는 스투파*를 번쩍 들고 "돌아가라" 하고 고함쳤다. 이치스케는 그대로 신발을 고쳐 신고 도쿄로 돌아갔다. 결국 이치스케는 라이조의 장례식에는 참석하지 않았다.

료도는 관 앞에 신선 같은 라이조의 사진을 내걸고 밭 가운데를 가로질러 무덤을 향해 걸어갔다.

도메는 니스케(二助)와 나란히 걸어가면서 "이치스케 오빠네 집은 부모자식 간에 사이가 무척 좋대. 별나지?"라고 했다.

---

* 돌, 벽돌, 나무 따위를 깎아 여러 층으로 쌓아올린 집 모양의 조형물. 부처
나 고승의 사리, 유품 등을 안치한다.

♦ ♦ ♦

어디로 갈까

　현관을 나와 멈춰 섰다. 멍하니 주위를 둘러봤다. 의미도 없이 둘러본 거다. 현관이란 사람이 나와서 잽싸게 사라지는 곳이었다는 것을 새삼 알았다. 정육점에 갈 때나 엽서를 보내러 갈 때, 내 발은 자동으로 정육점과 우체통으로 가는 길을 선택해 쓱쓱 나아갔다. 그동안 나는 망설이는 일 없이 오른발 왼발 내딛으며 살아왔다.

　어렸을 때에도 이런 느낌이 들었던 날이 있었던 것 같다. 집을 나오긴 나왔는데 막상 누구랑 놀까, 하고 생각하니 머리가 멍해지던 날.

　나는 현관 밖에서, 가만히 선 채로 내가 신은 구두를 내려다 봤다. 현관 바닥에 놓여 있는 것을 그대로 신고 나왔다. 내가 가장 좋아하는 뉴욕에서 산 구두는 신발장에 넣어둔 채로다. 이제야 아쉬운 마음이 드는 내가 한심스럽다.

그러고 나서 핸드백을 열어봤다. 저금통장과 카드는 들어 있다. 늘 넣어둔 채로 놔두는 칠칠맞지 못한 내가 고맙다, 고 한순간 생각했다. 코르덴바지에 회색 스웨터. 아침에 세탁 바구니에 처넣었던 것을 다시 꺼내 꾸깃꾸깃해진 바지를 털어서 발을 쑤셔 넣고 나온 거다.

오늘 아침의 일이었다. 어제라도 마찬가지였겠지만. 아니, 2년 전, 5년 전의 언젠가였다 해도 마찬가지였을 것이다. 나는 파자마 위에 타월 천으로 된 가운을 걸치고 테이블 앞에 앉아 있었다. 타로가 탁탁탁 바쁘게 부엌 안을 돌아다닌다. 빵을 굽거나 냉장고에서 우유를 꺼내거나 하고 있다. 나는 가운 소매 끝에 늘어진 실을 잡아당기며 생각했다. 조금 지저분해졌으니까 오늘 빨아야지.

타로는 밀크커피와 프랑스빵에 버터 바른 것을 늘어놓았다.

"아, 미안해요. 매일 아침마다."

나는 타로의 목에 팔을 감고 뺨에 입술을 밀어붙였다.

"아니 아니, 무슨 소릴. 이 정도 것을 가지고."

타로는 말한다. 매일 아침, 매일 아침.

프랑스빵은 오래돼서 딱딱하게 굳었다. 내 어디에선가 이런 딱딱한 빵을 왜 안 버리는 거야, 게다가 삶은 계란 정도는 곁들이라고, 하는 목소리가 난다.

"난 이 세상 모든 이의 선망의 대상이야. 으스대면서 아침밥을 기다리는 마누라니까."

"당신, 나 좋아해?"

"히, 히, 좋아해."

나는 딱딱한 빵을 버석버석 깨물면서 말한다.

7년 전에도 같았다. 어제도 같았다.

"불행한 여자들이, 당신이 나한테 이렇게 해주는 거 보면 죽이려들걸."

타로는 웃으면서 신문을 펼쳤다. 나는 "신문 펴지 마. 천천히 나중에 읽어"라고 말해봤다. 타로는 얌전히 신문을 접었다. '요구가 많네. 신문 정도는 읽게 놔둬'라고 왜 말하지 않는 걸까. 나는 속으로 그렇게 말해본다.

"정말은 지금 꼭 읽고 싶은 거지?"

"아니야. 신문이야 아무 때나 읽으면 되지."

나는 어쩐지 울고 싶은 기분이 된다.

그러고 나서 나는 늘 그렇듯이 바닥을 쓸고 가운과 잠옷을 세탁기에 처넣고, 그릇을 씻거나 세탁소에 보낼 시트를 잡아

벗기고 나서 점심을 만들었다. 메밀국수와 야채튀김을 만들었다. 소스가 몹시 달았다.

"소스가 너무 달지? 미안."

"난 이 정도가 좋아."

"그래?" 하면서, 요전번에 너무 매웠을 때도 그렇게 말한 것이 생각났다. 메밀은 조금 덜 익었다.

"메밀이 좀 덜 익었지?"

"아니, 괜찮은데."

아니, 확실히 이건 덜 익었다. 절대로 덜 익었다. 누구라도 분명 덜 익었다고 생각할 것이다. 정말로 덜 익었으니까.

그러고 나서 기타노 다케시의 새 영화를 비디오가 나올 때까지 기다렸다 볼지 영화관에 보러 갈지 의논했다. 어느 쪽으로 결정했는지는 생각나지 않는다. 그리고 나는 그릇들을 싱크대에 던져놓은 채로 일하는 방으로 갔다. 골판지 상자에서 트레이스 대를 꺼내 서둘러서 레이아웃 작업을 하여 팩스로 보내고, 골판지 상자를 바닥에 내팽개쳐둔 채 원고를 봉투에 넣어 우체국에 가서 속달로 보냈다. 집에 돌아와 한숨 돌리고 텔레비전을 켰다. 와이드 쇼에서 가쓰 신타로*가 경찰에 연행되려는 참이었다. 어느 채널이나 같은 장면을 몇 번이고 방영한다. 텔레비전 방송국은 주부를 바보로 아는구나. 그런데 일반 주부들은 정말로 이런 것에 관심이 있는 걸까. 텔레비전 방송국이 먼저냐 아니면 주부의 호기심이 먼저냐.

그때 우당탕거리며 타로가 계단을 올라왔다.

"히익-" 하고, 타로는 머리를 문지르면서 방으로 들어왔다. "윽, 으, 으, 으."

"무슨 일이에요?" "책상 모서리에 사정없이 머릴 부딪쳤어." "네? 어디서?" "당신 일하는 방에서." "어떻게?" "모르고 골판지 상자를 밟았는데 그게 미끄러지면서 책상 모서리에 머리를 부딪쳤어. 눈 깜짝할 사이에 미끄러졌지 뭐야." "어머나. 그거 트레이스 대 넣어두는 상잔데. 미안. 내가 꺼내놓은 채로 놔둬서."

"어디 좀 봐요" 하고 나는 타로의 이마를 끌어당겨서 봤다. 조금 빨갛게 벗겨져 있었다. 나는 침을 바르고 그곳을 문질렀다.

"아-아- 자꾸만 부풀어 올라. 지금 혹이 되기 시작했어. 아-아- 자꾸만 커져. 혹이 되어가는 중이야. 어떻게 해?"

"괜찮아."

나는 냉장고에서 마유馬油를 꺼내서 타로의 혹에 문질러 발

---

* 맹인 검객인 자토이치리는 캐릭터로 유명한 일본의 배우, 가수, 영화감독.

랐다.

"미안해요. 바로 치웠으면 좋았을 것을."

"아니, 내가 부주의했어."

그 말을 듣고 내 안의 무언가가 터졌다.

나는 천천히 일어섰다. 그리고 일하는 방으로 내려왔다. 골판지 상자가 단정치 못하게 엎어져 있었다. 나는 골판지 상자 안에 트레이스 대를 넣고 골판지 상자의 동그란 고리에 실을 정성껏 친친 둘러 감은 다음 선반에 올려놨다.

그리고 천천히 방으로 돌아왔다. 타로는 눈을 감고 소파에 기대 앉아 있었다. 나는 타로 앞에 떡하니 버티고 섰다.

"당신, 미끄러진 순간에 무슨 생각 했어요?"

"내가 우스꽝스러웠어."

"이 여편네, 이런 데다 이런 걸 늘어놓다니, 좀 치우지, 하고 생각하지 않았어요?"

"그런 생각 안 했어."

"하지만 내가 늘어놓고 안 치운 건 알았지요?"

"응"

"그렇다면 순간 화악 화가 났지요?"

"아아니"

"정말?"

"정말이야."

"그래요?"

나는 타로의 얼굴을 물끄러미 바라봤다. 타로는 눈을 감고 있었다.

나는 핸드백을 들고 천천히 계단을 내려와 구두를 신었다.

어디로 갈까. 나는 현관 앞에서 네 방향으로 나 있는 길을 봤다. 어느 쪽으로 갈까.

누구랑 놀면 좋을지 몰랐던 아이였을 때의 나. 속절없이 공기가 뜨뜻미지근했던 날. 어디로 갈까.

♦♦♦
잘 잤어요?

"다녀왔습니다."

현관에서 쾅 하는 소리가 났다.

앞에 앉아 있던 에이코 씨가 움찔하며 엉덩이를 들썩했다. "누구?" "아, 이치로가 온 거야." 이치로는 거실 문을 열고, "아 – 배고파. 뭐 없어?" 하다가 에이코 씨가 있는 걸 알아차리고, "아, 안녕하세요" 하며 까딱 고개를 숙였다.

에이코 씨는 인사를 받을 생각도 않고, 입을 벌린 채 이치로를 바라봤다. 태어나서 처음으로 판다를 본 아이가 눈을 동그랗게 뜰 때 짓는 그 표정으로.

"손 씻고 와라. 그게 뭐니? 문 열자마자 먹을 거부터 찾고."

이치로는, "아, 죄송" 하고 머리를 긁는 시늉을 하며 화장실로 갔다.

"와아, 굉장해" 하고 에이코 씨는 말한다.

"뭐가?"

"이치로는 '다녀왔습니다' 하는구나. 굉장해. 넌 이치로한테 해라로 말하네. 굉장해. 이치로는 또 죄송하단 말도 하네. 굉장해. 너 행복하겠다."

"뭐가 행복이야. 공부를 하나도 안 하는데."

이치로가 화장실에서 돌아왔다.

"이 피자, 데워서 먹어도 돼?"

"아, 그건 미치코 거야. 네 건 주먹밥하고 어제 밤에 먹다 남은 오뎅전골 있어."

"럭키~ 잘 먹겠습니다" 하고, 이치로는 오뎅 냄비를 데우기 시작했다. 딸그락딸그락 접시 꺼내는 소리가 난다.

"저기 있지, 이치로 옆에 가까이 가서 봐도 돼?"

에이코 씨는 자리에서 일어나 부엌으로 향한다.

"어머나, 이치로 너 상고머리 했구나. 굉장해, 좀 만져 봐도 되니?"

에이코 씨는 이치로의 머리털을 슬금슬금 만진다.

"아이, 하지 마요, 아줌마."

이치로는 웃으면서 말한다.

"애, 이치로가 하지 마요 라고 하네."

에이코는 원숭이가 말하는 걸 본 것처럼 놀라서 나한테 외쳤다.

"흐-응, 열일곱 살짜리 남자아이한테서는 이런 냄새가 나는구나."

에이코는 허리를 굽혀 이치로의 등에 코를 대고 킁킁거렸다.

"엄마아, 아줌마 변태 된 거 아냐?"

이치로는 주먹밥 접시와 오뎅 대접을 식탁에 나르며 말했다.

"미안, 미안. 내가 좀 이상해졌어."

에이코 씨는 언제까지나 수돗물을 틀어놓은 채, 물끄러미 물을 보고 있었다.

이치로는 네 개의 대학에 모두 떨어졌다. 그리고 다섯 번째의, 처음에는 생각도 안 했던 삼류 대학의 2차 모집에 겨우 턱걸이했다. 어찌 이런 일이. 남편은 불끈 해서 "어쩔 수 없지. 능력이 그것밖에 안 됐던 거니까" 하고, 한 되들이 술병을 기울여 밥공기에 술을 콸콸 들이붓고는 물 마시듯이 단숨에 마셨다.

이런 게 아니었는데.

이치로는 재수는 하기 싫다며 그냥 다섯 번째 대학에 가겠다고 했다. 그걸로 됐다고는 남편도 나도 생각하지 않는다. 그런 대학을 졸업해서 어떤 미래가 있겠는가. 나는 이치로가 가엾어서 마당의 잡초를 뽑으며 울었다. 마당의 풀 같은 거 뽑지 않아도 되는데도.

그래도 에이코 씨보다는 행복하다고 할 수 있을지 모르겠다. 아키라는 고등학교를 중퇴한걸 뭐. 집에도 거의 들어오지 않고, 때때로 에이코 씨를 때리고 돈을 훔쳐간다며 울던걸 뭐. 하지만 아키라와 비교해 봐도 나는 조금도 기분이 나아지지 않았다. 이치로와 아키라가 어떻게 같냐고. 그 애는 불량 청소년인데.

"으응, 저기 있잖아, 아키라가 오늘 아침에 뭐라고 했는지 알아? 잘 잤어요? 라고 했어. 나한테. 4년 만에 나한테 보통 아이들이 말하는 것처럼 잘 잤어요? 라고 말했어. 뽀글 파마한 거 잘라버리더니 홱 하고 보통 아이로 돌아왔어. 나도 저절로 잘 잤니? 라고 했어. 기뻐서 기절할 뻔했다니까. 그동안은 이치로가 보통의 아이인 것이 언제나 신기하고 부러웠어. 아키라가 내일은 웃는 얼굴을 보여 줄지도 몰라. 그러면 나도 웃을 수 있게 될 거야. 살아 있긴 잔했어. 이기다도 살아 있어

준 게 고마워. 어쨌든 오체만족*이야. 온 세상이 새롭고 반짝 반짝 빛나 보여."

에이코 씨의 맑게 갠 목소리를 듣고 나는 마음이 울적해져서 전화를 끊었다. 나는 울고 있는데 에이코 씨는 저렇게 행복하다니. 이게 가당키나 한 일이냐고. 오체만족인 것만으로 뭐가 행복하냐고. 이치로는 도쿄대에 들어갈 줄 알았다. 삼류 대학이라니, 삼류 대학이라니. 그 애는 도쿄대에 들여보낼 작정이었는데. 마당의 풀을 뽑으며 또 눈물이 북받쳤다.

---

* 몸에 결여되어 있거나 불완전한 곳이 없는 것, 또는 그런 상태.

♦ ♦ ♦

어머니의 다리

어머니가 여동생의 팔에 매달려서 걷고 있다. 어머니에게 꽉 붙들린 여동생의 숨 막힐 것 같은 기분이 뒤에서 바지에 손을 쑤셔 넣고 걷고 있는 나에게까지 전달되어 온다. 어머니는 나이 먹어 다리가 미덥지 못하게 되었을 뿐 아니라 마음까지도 약해져 동생에게 저렇게 매달린다.

어머니는 바지 차림에 리복 운동화를 신고 있다. 처음 보는, 그리고 앞으로 두 번 다시 볼 일 없는 개선문을 올려다보며 만족과 포기가 뒤섞인 얼굴을 하고 있다.

리복을 신고 비칠비칠 걷는 일본 할머니.

나는 어머니의 뒷모습을 몇 만 번이나 봐왔다. 밤에 네 살의 나를 도우미에게 맡기고 벨벳 원피스에 하이힐을 신고 아버지와 함께 문 밖으로 나서는 이십대 때의 어머니. 납작한 발을 억지로 높은 굽의 에나멜 구두에 집어넣던 어머니. 그랬던 발인데, 같은 발인데도 이미 같은 발이 아니다.

아무렇게나 누워 뒹구는 중학생인 나를 가볍게 타넘었던 다리. 같은 다리인데도 이미 같은 다리가 아니다.

늘 보아오던 그 다리가 갑자기 야릇하게 보인다. 어머니의 다리가 신사의 도리이* 같아졌다! 다리가 엉덩이에서부터 옆으로 벌어진 것이.

누구라도 나이를 먹는다. 저 다리도 예전에는 여학교 운동장에서 경쾌하게 댄스를 추던 다리다. 누구라도 나이를 먹는다.

어머니의 다리는 신사의 도리이처럼 되어버렸다.

"엄마, 이제 기모노 안 입어?"

호텔에서 무릎에 뜸을 뜨고 있는 어머니에게 물었다.

"저기, 아야코. 서양 밥은 왠지 먹은 것 같지가 않구나. 배가 부른 건지, 또 고픈 건지 알 수가 없어."

---

* 일본의 신사 입구에 세워 놓은, 좌우로 두 개의 기둥이 평행으로 서 있는 문.

"전병 먹을래요?"

동생이 트렁크를 뒤지며 물었다.

"됐다, 됐어. 포크니 나이프니 하며 거드름부리면서 먹었더니 먹은 것 같은 기분이 안 드는 걸 거야. 아이쿠, 떨어졌네. 뜸이 바닥에 떨어졌어."

나는 작은 뜸을 구두로 밟아 뭉갰다. 뜸을 밟아 뭉개는 내 다리도 이제 곧 어머니의 도리이 같은 다리가 되어버리겠지.

"그런데 엄마, 이제 기모노 안 입어요?"

나는 침대에 벌렁 누우며 다시 한 번 물었다.

"한번 안 입기 시작했더니 이젠 못 입겠어. 이 신발이 크구나. 그걸 몰랐네."

죽기 전에 한번 파리에 가보고 싶다던 어머니를, 나와 여동생은 어쩌다 생각난 듯이 모시고 왔다. 어머니는 흥분해서 하루에 몇 번이고 전화를 했다. "있잖니, 트렁크 열쇠는 어디에 넣어두면 좋겠니?" "나 뭘 신고 가면 좋을까?" 늘 고집이 세서 남의 말을 듣지 않던 어머니가 뭐든 내가 하라는 대로 했다. 재미있다고 해야 할 판이었다.

"리복. 모양새는 어찌됐건 상관없고 걷기 편한 신발이어야 해. 알겠어요? 리복이에요."

"잠깐 기다려, 지금 쓸 테니까. 뭐라고? 리폭?"

"아니. 보, 보, 보. 복. 리복이요."

어머니는 얌전히 검은 리복을 신고 왔다.

그 신발로 여동생의 팔에 매달려서 샹젤리제 거리를 걸었다. 골반에서 튀어나온 뼈가 도리이처럼 되어 있다. 싫어라, 내가 저 도리이의 틈 사이로 세상에 나온 거다.

"그러니까 이제 기모노 안 입을 거냐고?"

나는 어머니의 도리이 같은 뼈를 기모노로 가리고 싶은 거다.

"이제 안 입어. 요전번에 야마모토 씨 부인한테 거의 다 줘버렸어. 이제 입을 일 없을 거야. 기모노 꽤 많이 갖고 있었는데."

"다 줘버렸어?"

"글쎄, 너는 필요 없다고 했잖니."

"그래도 엄마, 할머니가 되면 기모노 입는 게 고와 보여."

저 도리이 사이에서 여동생도 태어났다. 리복 신고 바지 입고 있으면 그걸 모두에게 들켜버릴 것 같단 말이야.

"이제 못 입어. 오비* 묶을 때 다리에 힘주고 버티고 있을 수가 없게 되어버렸어. 나이 먹는다는 건 싫구나."

---

* 기모노의 허리에 두르는 띠.

그래, 이제 못 입게 됐구나. 앞으로 계속 도리이로 걸을 거다. 그리고 이제 곧 나도 저런 다리가 되어버릴 거다.

"나, 기모노 입을까나."

개선문을 올려다보던 어머니의 허리부터 아래가 눈에 떠오른다.

"그래? 입을 거면 남아 있는 거 가져가라. 그런데 이 뜸을 뗄 수가 없구나. 아야코, 이 종이 좀 떼어줄래?"

나는 뜸에 붙어 있는 테이프를 뗐다.

"파리의 호텔에서 뜸을 뜨고 있다니. 그래도 이것으로 아버지한테 가져갈 선물이 마련됐어. 말 그대로 저승 선물이구나. 내가 정말로 파리에 올 수 있었다니, 고마운 일이지. 아버지가 살아 있었다면 좋았을 텐데. 아까 그 노부부, 행복해 보였잖니. 아버지는 바보야. 그렇게 일찍 가다니. 뭐니 뭐니 해도 죽은 사람은 손해야. 아야코, 기모노 입을 거면 줄게. 뭐하려고 기모노를 그렇게 샀을까. 아버지가 죽고 나서, 사람들한테 과부라는 말을 들으며 비참해지고 싶지 않았던 거야. 기모노 지으러 가면 무척 대접받았거든. 여자는 외로우면 쇼핑을 하고 싶어지는 법이야. 아버지가 살아 계시는 동안에 곱게 차려입었으면 좋았을걸. 누구한테 보일 작정이었을까. 꼭 보일 생각으로 그랬던 건 아니야. 사놓고 한 번도 걸쳐보지 않은 것도 있는걸 뭐. 여자는 바보야."

리복을 신은 도리이, 어머니가 나에게 질척하게 매달린다.

"그래, 이번엔 어디로 갈 거니?"

"트리아농. 마리 앙투아네트가 만든 성이야."

"흐-응, 뭐? 트리, 트리, 트리 뭐?"

엄마, 그렇게 매달리지 말아줘요.

돌아보니, 여동생이 물끄러미 어머니의 다리 부근을 보고

있다.

미도리, 너도 도리이 틈새에서 태어났어. 외로워서 기모노

를 사셨대. 그런데 이제 기모노도 못 입게 됐대. 도리이 같은

다리를 이제 감출 수가 없다고.

♦ ♦ ♦
그럼 이만

그 사람에게서 전화가 걸려왔다. 목소리도 듣고 싶지 않았는데 "보험 때문에 당신 도장이 필요해"라는 말을 들으니 가슴이 쿵쿵 뛰었다. 내 몸 안에 새빨간 피가 콸콸 흐른다는 것이 새삼 느껴지더니, 아아, 나 지금 살아 있구나 하는 생각이 돌연 들었다. 이런 때에나 살아 있다는 것을 확인할 수 있다니. 나는 엉겁결에 "좋아요"라고 대답하면서 울컥해 눈물이 나왔다. 전화기를 통해 그 사람한테 내가 우는 것을 알게 할까 하고 잠깐 생각했지만, 에잇 하고 울지 않는 방향으로 커브하고, 만날 장소를 정했다.

전화기를 내려놓고 나서 소파에 쿵 하고 엉덩이를 떨어뜨리고는 포개놓은 쿠션에 얼굴을 묻었다. "우우-웁" 하는 내 울음소리가 쿠션 속으로 빨려 들어갔다. 나는 쿠션 속의 공기를 들이마셨다. 먼지가 섞인 듯한 냄새가 콧구멍을 통과하여 폐까지 들어온다. "우우-웁" 하는 내 울음소리는 쿠션 속에서 흩어져 분명 아무에게도 들리지 않을 거라고 안심하다가, 여기가 나 혼자 사는 맨션이라는 것을 깨닫고 나니 마음이 무척 쓸쓸했다.

나는 이번에는 소리 내지 않고 실룩실룩 울었다. 아무도 없는 곳에서 홀로 쿠션을 바라봤다. 빨간 타이실크로 짠 낡은 쿠션은 침과 눈물로 검게 얼룩져 있었다. 이것을 살 때, 그 사람은 오렌지와 빨강과 핑크로 색깔을 맞춘다고 이리저리 고르고는 만족스럽게 웃었다. 그런데도 이미 그때 그 여자가 있었다. 그때 이미 나와 헤어질 결심을 하고 있었던 거다. 그러면서 나와 함께 앉을 소파를 신이 나서 사러 다니다니 도대체 무슨 심산이었을까. 나는 그런 사실을 조금도 모르고 마냥 좋아서 들떴었다. 쿠션의 얼룩을 뚫어져라 보고 있었더니 어느새 눈물이 멈췄다.

아무것도 모르고 들떠서 살던 때의 일을 생각하니 내가 얼마나 멍청했던가 싶어 창피해진다. 몸을 어디다 둬야 좋을지 모를 만큼 창피해서 나는 일어나서 어슬렁거렸다. 어슬렁거리다 식탁 의자에 손을 짚었더니 매일 아침저녁으로 여기서 둘이서 같이 밥을 먹던 날들이 생각났다.

그 사람은 늘 신문을 보면서 담배에 불을 붙이고 재를 재떨이 바깥에다 털곤 했었지. 나는 노상 "봐요 재는 재떨이 안에다 떨어야죠" 하고 잔소리를 했다. 난 그 사람의 얼굴이 좋았다. 내 것이라고 생각했다. 함께 밖에 나갔을 때는 키 크고 조금은 잘생긴 그 사람이 자랑스러웠다. 나는 이거 내 거야 하는 얼굴을 하고 그것이 행복이라고 생각했다. 난 물에 비친 달을 휘젓고 있었던 건지도 모른다.

내가 몸부림치면 칠수록, 그 여자는 행복할 거라는 생각이 나를 더 화나게 한다. 그 여자를 두고, 우쭐하지 마라, 하고 생각한다. 나를 배신한 그 사람이 아니라 왜 그 여자를 더 죽이고 싶으리만치 미워하는 걸까.

그 여자의 조금 허스키한 목소리와 하얀 목덜미가 눈앞에 떠오르는 순간, 나는 머리를 절레절레 흔들고 더 이상 생각하지 않기로 했다. 이제 나는 아무도 믿지 않는다. 이제 아무도 사랑할 수 없을 것이다. 겐이치 같은 남자는 이제 절대로 나타나지 않을 것이다. 아니, 나는 겐이치 그 사람이 아니면 안 된다.

나는 시간을 들여 화장을 했다. 꼼꼼하게 정성껏, 한쪽 눈씩 콤팩트의 거울에 비추며 공들여 아이섀도를 발랐다. 했는지 안 했는지 모를 정도로 자연스럽게 솜씨를 구사했다. 립스틱을 바르기 전에 옷장 앞에서 옷을 골랐다. 그 사람과 함께 홍콩에서 산 와인레드의 차이니즈 슈트를 꺼내어 거울 앞에서 몸에 대봤다. 굉장히 잘 어울린다. 하지만 그 사람은 내가 홍콩 여행의 추억에 잠겨 있다고 생각할지도 모른다. 나는 그것을 다시 옷장 안에 넣고 어제 어슬렁어슬렁 백화점을 여기저기 돌아다니면서 될 대로 되라는 심정으로 산 요지 야마모토의 그레이 점프슈트를 입었다. 될 대로 되라는 심정으로 샀는데도 산뜻하니 나한테 어울렸다. 목이 가늘어 보여서 4센티미터쯤 키가 더 커 보인다. 꽃무늬 원피스 같은 걸 입는 그 격 떨어지는 여자라니.

나는 거울 앞으로 립스틱 팔레트를 가지고 와서 짙은 핑크 립스틱을 브러시로 꼼꼼히 발랐다. 미인의 완성이다. 마치 처음으로 그 사람과 데이트 했을 때의 나 같다. 우나 봐라.

역 앞 커피숍에 들어가자, 입구에 앉아 있던 중년 남자가 커피 잔을 입에 댄 채로 나를 힐끔거리며 봤다. 아직 남자들이 저런 눈을 하고 나를 보는데, 왜? 왜?

커피를 주문하고 시계를 보니, 약속 시간이 아직 5분 남았다. 대각선으로 앞에 앉은 대학생들도 힐끗거리며 나를 봤다. 하지만 겐이치는 그런 내가 필요 없단다.

무릎을 보니 가늘게 부들부들 떨리고 있다. 태엽 감는 장난감 같다.

느릿느릿 겐이치가 내 앞에 앉았다. 겐이치는 나를 보지도 않고 시선을 다른 데로 향했다. 넥타이가 보였다. 구깃구깃 꼬였다.

겐이치는 웨이트리스에게 "커피" 하더니, 가슴에서 지갑을 꺼냈다. 눈에 익은 검고 얄팍한 장지갑이다. 겐이치는 그 안에서 작게 접은 얇은 종이를 꺼내어 테이블 위에서 펼쳤다. 자잘하게 주름진 종이가 궁상스러웠다. 조금도 변하지 않은 겐이치. 아무 옷이나 걸치는 겐이치. 나는 그런 겐이치가 마음에 들었었다. 그런데 지금 눈앞에 있는 남자는 어딘지 모르게 지저분한, 생기 없는 남자다. 분명 겐이치인데 전혀 다른 남자다.

"여기 도장 찍어줄래?"

겐이치는 나를 보지도 않은 채 담배에 불을 붙였다. 담배 피우는 모습도 찌질해 보인다. 이런 남자였나. 나는 핸드백에서 도장을 꺼내 잠자코 찍었다. 겐이치는 담배를 입에 문 채로 그 얇은 종이를 다시 작게 접어서 지갑에 되돌려 넣었다.

지갑을 서둘러 가슴 안주머니에 넣자, 전표를 움켜쥐고 일어 서더니 재떨이에 담배를 비벼 껐다.

"그럼 이만."

겐이치는 그렇게 말하고는 돌아섰다. 겐이치는 한 번도 나를 쳐다보지 않았다. 나는 겐이치의 뒷모습을 찬찬히 관찰했다. 살짝 안짱다리이고 바지 엉덩이 부분이 구겨져 주름 져 있었다.

내가 놓치고 싶지 않아서 몸부림친 남자 맞아?

카운터 앞에 서서 낡은 지갑 속의 동전을 찾느라 짤랑거리고 있다. 그러고 보니 언제든지 저 지갑에서 그렇게 해서 돈을 지불했는데, 예전엔 그게 아무렇지도 않았었다.

겐이치는 나갔다. 나는 돌연 크게 웃고 싶어졌다. 부들부들 떨고 있던 무릎이 어느새 딱 멈춰 있었다. "여기 도장 찍어줄래?" "그럼 이만", 이 두 마디뿐이었다.

집에 돌아가면 혼자서 크게 웃자.

아무도 없는 집에서 홀로 웃을 수 있다니 분명 굉장히 기분 좋을 것이다.

♦♦♦

노파

"정말로 고마워요, 고마워."

그녀는 고맙다는 표시로 내 다리를 고타쓰 안에서 세게 차고는 클리넥스로 팽 하고 코를 풀고 그것을 둥글게 말아 눈물을 닦았다.

"어머니는 하루 온종일 내 뒤에 딱 달라붙어서 계속 떠들어대거든요. 옛날에 왜 레코드 바늘이 튀면 같은 곳만 계속 반복되잖아요. 그거랑 똑같아요. '나는 부모한테 버림받아서 네 살 때부터 자립했어요.' 여든네 살의 할머니가 그 말밖에 안 해. 1년 전까지만 해도 손자들에 대한 불평도 조금은 했고, 홀몸이 되어 나를 키우느라 얼마나 고생했나 하는 얘기도 했었는데. 그것도 힘들었지만 '저기요, 들어보세요. 나는 네 살 때부터 자립을 했어요' '저기요, 들어보세요. 나는 네 살 때부터 자립했어요' 하고 하루 온종일 같은 말을 하는 걸 들어봐요. 으아악 하면서 목을 조르고 싶어져. 당신이 때때로 우리 어머니를 맡아주지 않았다면, 나 벌써 끔찍한 일을 저질렀을 거예요."

"하긴, 나 역시 우리 부모가 사흘 동안 우리 집에 와서 하루 종일 토해내듯이 계속 며느리 흉을 보면, 내가 정말로 이 사람 자식일까 하는 생각이 들면서 울고 싶어져요. 하지만 댁의 어머니가 같은 말을 반복하는 것을 들을 때에는 좀 시끄럽긴 하지만 의외로 아무렇지도 않아요. 이런 말 하긴 미안하지만, 재미있다는 생각이 들 정도로 마음의 여유가 생기거든요. 어머, 라든가, 그렇게 힘들었군요, 하고 대꾸까지 하면서 들어줄 수가 있어요. 사흘 정도라면 언제든 맡아줄게요."

"난 아주아주 젊었을 때의 어머니는 좋아했어요. 늘 엄마 같은 사람이 되고 싶다고 생각한걸요."

"부모니까 싫은 거예요. 우리 아이들도 언젠가는 우리를 그렇게 생각하게 될 거예요."

"남이란 좋은 거네요. 어차피 관계없다고 생각하는 편이 쉽게 버텨낼 수 있나 봐요. 양로원의 간호사도 돌볼 사람이 타인이니까 버틸 수 있는 걸 거예요."

일본은 복지국가는 될 수 없을 것이다. 그리고 좋고 싫고를 떠나서 좋았던 옛 시절의 가족제도는 붕괴되어버렸다. 지금의 핵가족도 분열되어 노인 한 명만 존재하는 가족으로 분해되어 버릴 것이다. 앞으로 노인들은 점점 더 늘어날 것이고 사람들은 아이를 안 낳게 되어갈 것이다. 어떻게 하면 좋을지 아무도 모른다.

"저기요, 우리 차라리 서로 부모를 교환하지 않을래요? 나도 당신 어머니의 며느리 흉 정도라면 얼마든지 들어 줄 수 있어요."

"그때가 되면 부탁할게요."

우리는 고타쓰 안에서 서로의 발을 세게 차고 눈물을 흘리며 우정을 확인한다. 흥, 우정이란 청춘에게만 있는 게 아니라고. 오십대 여자야말로 진정한 우정을 알 수 있는 거다.

집의 인터폰이 울렸다. "누굴까, 이 시간에." 나는 슬리퍼를 끌며 현관문을 열었다. 모르는 노파가 백발을 바람에 휘날리며 쇼핑백을 들고 서 있었다.

"다녀왔다. 오오 추워, 추워. 미야코, 얼른 따끈한 엽차 좀 내오렴."

나는 미야코가 아니에요.

노파는 총총걸음으로 거실로 들어가서는 탈싹 앉아서,

"아 – 역시 우리 집이 최고야. 준이치로는 아직 회사니?"

준이치로가 누구야.

그러고 나서 그 노파는 계속 우리 집에 있다.

포르셰 마크 II

여동생과 함께 오래간만에 아들 자취방에 갔다. 캄캄한데 문은 잠겨 있지 않은 상태였다. 여동생은 서슴없이 캄캄한 방 안으로 들어갔다. 같이 온 나는 도둑이 된 기분이었다. 좁은 현관의 콘크리트 바닥 위에 선 채로, 쟤는 부모가 아니라서 아무렇지도 않구나 하고 속으로 감탄했다.

"언니, 켄 있어. 애, 애, 일어나, 어서." 아들을 흔들어 깨우는 모양이었다. "으-음, 으-음" 하고 언짢아하는 소리가 난다. 나는 천천히 발을 끌며 캄캄한 방 안으로 들어갔다. 어쩐지 조심스럽다. "어디니, 전기는?" 하는 동생의 목소리. 책상 위의 스탠드를 켰는지, 갑자기 방 안이 환해졌다. 아들은 새카만 이불을 뒤집어쓰고 거대한 애벌레같이 꿈틀거린다.

"켄, 아직 저녁 8시밖에 안 됐는데, 언제부터 자는 거니?"
하고, 여동생은 좁은 방을 둘러보면서 묻는다. 나는 왠지 잘
못 왔나 하는 기분이 들어서 담배에 불을 붙였다.

요전번에 왔을 때와는, 언제 왔었는지 잊었지만, 방 안의
모습이 달라져 있었다. 만화 대신에 자동차 잡지 네댓 권이
쌓여 있다.

나는 가져온 서류를 벽에 갖다 댔고, 아들은 거칠게 이름을
썼다. "제대로 좀 일어나서 책상 앞에서 또박또박 써라"라고
말하고 싶은 것을 참았다.

아들은 일어났다. 물방울 삼각팬티 위에 티셔츠를 입고 있
을 뿐이다. 담배에 불을 붙이고 벽에 기대어 "엄마, 엄마 집
주차장 좀 쓰게 해줘" 한다.

1시간 후, 나는 친구 집 테이블에 엎드려, "아-아-아- 연
달아서 이게 뭐야, 위에 구멍이 날 것 같아" 하고 신음하고 있
었다.

"그렇지 않아도 켄이 어제 나한테 전화를 걸었더라고. 포르
셰지?"

"말려줘, 부탁이야. 세관에서 발부한 종이가 없어서 탈 수
도 없는 차래."

146

"그래도 10만 엔이잖아, 싼 데 뭘. 제대로 된 거면 5, 6백만 은 해."

"글쎄, 번호판도 안 나온다잖아. 그런 차 뭐에 쓰냐고. 그리 고 사이타마의 어딘지 모를 곳에서 어떻게 가져오냐고. 자기 가 직접 트럭으로 나른다는데 말이 돼?"

"그건 무리지. 아마추어는 못 옮겨."

"옮겨 와봤자 그냥 고철 덩어리야. 내력을 모르는 차라니, 마약을 운반했던 차일지도 모르잖아."

"하하하, 됐어, 너무 걱정 마. 어차피 일본 경찰은 어떤 일이 든 날조해내는 능력이 탁월해. 원한다면 멀쩡한 차도 얼마든 지 마약 운반 차량으로 만들 수 있다고. 하려고만 한다면 켄 은 한 방에 당해. 2, 3년은 감방살이지. 그 녀석, 심증을 나쁜 쪽으로 굳히게 하는 데 명수잖아. 아하하하"

"그러니까 말려달라고. 그런 차에 손을 대다니."

"그래도 그만두지 않을걸. 포르셰 마크 II잖아. 1963년 거라 고 했지? 멋지잖아. 내가 세관 서류가 없는 차 상담해주는 회 사 알고 있어서 켄한테 가르쳐줬어."

"무슨 짓을 한 거야. 당신은 어른이잖아. 애초에 당신이 그 런 낡은 재규어 같은 차를 몰고 다니니까, 켄이 그럴 맘을 품 는 거라고."

"아니, 그 재규어가 난 마누라보다 예뻐. 정말 귀여운 녀석이야."

"타고 다니는 시간보다 고치는 시간이 많잖아. 차는 국산 중고가 최고라고."

"당신도 천상 여자군. 괜찮아, 하게 내버려둬. 내가 이번에 켄이랑 같이 보러 갔다 올게. 상태가 좋으면 종이 따위 없더라도 소유하고 있는 것만으로도 기분 좋을 거야."

"어디다 두냐고요."

"가루이자와, 당신 집에 그냥 놔두기만 해도 그림이 될 거야."

"아-아-아- 다들 미쳤어. 만약에 번호판을 받았다 쳐도, 그런 고물차를 탈 수 있게 고치려면 얼마나 돈이 들 거냐고."

"2, 3백만."

"뭐어? 거짓말."

"제대로 탈 수 있게만 되면 5, 6백만은 쳐줄걸."

"그런 거 탈 주제냐고. 아-아- 도대체 무슨 생각인 거야."

나는 이미 반쯤 울고 있다.

"언니, 뭐가 걱정인데?"

여동생이 묘하게 냉정하게 말했다.

"그런 차와 엮이는 것 자체가 싫어."

"내버려두면 되잖아. 어차피 돈도 없을 테니까 어떻게 하지도 못할 거야. 귀찮아져서 도중에 포기할 텐데 뭐."

"아니, 난 포기 안 할 거라고 봐."

"아-아-아."

"언니, 처음부터 완전 무시하고 일체 응대하지 않으면 돼."

"그런 소리 해봤자지."

"내버려두라고."

"정말로 가져오면 어떻게 해. 으응? 부탁이니까 말려줘. 당신이 그만두라고 하면 들을지도 몰라."

"싫은데. 나도 마크 II라면 갖고 싶은걸."

아들 방에 쌓여 있던 자동차 잡지가 눈앞에 어른거렸다. 물방울 삼각팬티에 티셔츠 차림으로 눈을 번쩍번쩍 빛내던 아들이 어쩐지 으스스했다. 아들은 태어났을 때부터 고집덩어리였다.

"이제 됐어, 당신한테는 부탁 안 해. 남편한테 못 하게 하라고 할 거야."

"있잖아요, 켄한테 말해줘요. 그 이상한 차를 아직도 포기 안 하고 여기로 가져온다잖아요."

"포르셰 마크 II 말이야?"

내 새 남편은 어쩐지 흥미진진하다는 표정이다.

"팔면 몇 백만이 된다나 뭐라나 하면서."

"미국에서도 젊은 녀석들이 모두 갖고 싶어 해서 인기가 있어. 우리 마리코도 이번에는 그런 류의 60년대 자동차를 갖고 싶다고 하더라고."

"당신 딸이랑 우리 아들은 기본이 다르죠. 마리코는 번호판도 못 받는 차에 손을 댈 리가 없어요. 게다가 뉴욕에 있기도 하고, 상황이 달라요. 당신 딸이라면 나 걱정 안 해."

"나도 젊었다면 갖고 싶었을 거야."

"어쨌든 말려줘요."

"으-음, 켄이 제법 취향이 괜찮네."

"주제에 맞게 살아야죠."

"당신이 차에 대해서 생각하는 거랑, 켄이 생각하는 건 전혀 달라."

난 무슨 소린지 전혀 모르겠다. 차가 그래봤자 차지. 그저 달리기만 하면 되는 거 아닌가.

"으-음, 나도 거기 한몫 낄까나."

새 남편의 눈도 어쩐지 기분 나쁘게 빛나기 시작했다.

◆◆◆
다마가 죽었다

낯모르는 부인이 다마를 안고 현관에 서 있었다. 다마는 입에서 노란 물이 나왔고 코 주위에는 검은 것이 달라붙어 있었다.

"이거, 댁네 고양이인가요? 어제부터 우리 집 차고 구석에 있었는데요. 좀 이상한 것 같아서 물을 줬는데도 안 마시는 거예요. 전혀 움직이지도 않고."

"아아, 아아" 하고 나는 말했다.

드디어 죽는다. 오늘 중으로 죽는다. 이 사람, 죽어 가는 고양이를 이렇게 안을 수 있다니 용기가 있구나. 죽어 가는 건 무서운데.

"네, 우리 집 고양이 맞아요. 고맙습니다. 어젯밤에 돌아오지 않아서 어떻게 된 일인가 하고 있었어요."

나는 다마를 받았다. 다마는 굉장히 가벼웠고 털 바로 아래에 딱딱한 등뼈가 만져졌다. 다마는 내 팔 안에서 여우목도리같이 축 늘어져서 "어떻게 해볼 생각도 없어요. 오늘 중으로 죽을 거니까요"라는 듯이 가만히 있었다. 손발의 하얀 부분이 때 묻은 버선 같았다.

"정말로 고맙습니다."

나라면 당장이라도 죽을 것 같은 낯선 고양이를 품에 안지 못했을 것이다. 대범한 사람이구나, 하고 샌들을 끄는 보통의 아줌마 같은 부인에게 다시 한 번 감탄했다. 부인은 나에게 다마를 넘겨주고는 더러운 것을 만졌다는 듯이 양손을 비벼서 털었다. 그러다가 갑자기 다마의 시선을 의식한 듯 다마의 이마를 쓰다듬으며, "불쌍한 것" 했다.

나는 2층으로 올라가서 목욕수건으로 다마를 감쌌다. 목욕수건 위로도 딱딱한 등뼈를 느낄 수 있었다. 다마는 모자를 쓴 인형 같이 얼굴만 수건 밖으로 내놓았다. 눈은 먼 곳도 가까운 곳도 보고 있지 않는 것 같았다.

그러던 다마가 갑자기 나를 봤다. 그러고는 마치 나만 눈에 보인다는 듯이 내게 시선을 고정했다. 다마는 눈도 깜빡이지 않고 가만히 나를 봤다. 이를 어째. 나를 보네, 하고, 나도 가만히 다마를 봤다. 눈길을 돌리면 16년이나 함께 산 모든 것을 버리는 기분이 들 것 같았다. 나와 다마는 서로 가만히 바라봤다. 가슴이 두근거렸다. 다마는 계속해서 나를 바라봤다. 나도 계속해서 다마를 바라봤다. 이를 어째, 하고 생각한 거, 다마에게 들켰을까. 들키지 않게 열심히 다마를 봤다.

얼마간의 시간이 흐르자 다마는 눈길을 돌렸다. 다시 아무것도 보고 있지 않은 얼굴이 됐다. 얕은 숨이 스윽 하고 당장이라도 멈출 것 같았다.

굉장하구나. 16년이야. 길었지. 다마는 16년이나 매일 우리 집에 있었다. 내가 여행을 가서 집에 들어오지 않은 날, 그리고 다른 이유로 내가 집을 비운 날을 전부 더하면 1년쯤, 아니 더 될지도 모른다. 친구 집에서 묵거나 제사 때문에 친정에 간 것까지 넣으면 더 긴 기간일지도 모른다. 그동안에도 이 고양이는 쭉 혼자서 집을 지켰다. 아들은, 최근 5, 6년은 집에 거의 코빼기도 비치지 않았다. 이건 그 녀석의 고양이인데. 전 남편은 이 고양이와 아마 5년쯤밖에 함께 지내지 않았을 거다. 이혼할 때 다마에 대해서는 생각도 안 했겠지. 남편이 이 집에 없게 되고서도 다마는 계속해서 매일 이 집에 있었다.

이 집을 정말로 자신의 집이라고 생각한 것은 다마뿐이었을 것이다. 16년간 단 하루도 여행을 가지 않았으며 밤중에 오토바이 타고 돌아다니거나 술을 마시며 쏘다니지도 않았다. 오직 성실하게 집을 지켰다.

밤중에 다마는 죽었다.

양손양발을 쭉 뻗고 입을 벌리고 눈도 뜬 채로. 엉덩이 털도 늘어나서 굉장히 길어져 있었다. 만지니 딱딱했다. 살아 있을 때는 그렇게 부드러웠는데. 그때, 다마와 서로를 가만히 바라보고 있었던 건 정말로 잘한 일이었다.

다마의 목 부분에서 벼룩이 줄줄이 기어 나왔다. 아아, 그렇구나, 벼룩도 집이 없어진 거다. 나는 가족이 하나도 남지 않게 된 거다.

♦ ♦ ♦

배, 당당하게

전화를 건 사람은 스즈키라고 자신을 밝히고, 결혼 전 성은 모치즈키라고 전화에 대고 말했지만, 시즈오카에는 스즈키와 모치즈키란 성씨가 썩을 만큼 많다.

"나 미쓰코야. 생각 안 나? 모치즈키 미쓰코."

미쓰코라는 이름도 엄청 많았던 것 같다. 아무튼 여자만 해도 한 학년에 3백 명 이상이었다.

"아아, 미쓰코구나. 어멋, 어떻게 내 전화번호를 다 알고."

나는 마치 깜짝 놀랐다는 듯이 높게 갈라진 소리를 냈다.

"요시에랑 기미코하고는 자주 만나는데, 네 연락처를 알게 되면 꼭 같이 보자고 했어. 있지, 이번 토요일은 어때?"

나는 요시에도 기미코도 전혀 생각나지 않는데.

"어머, 정말? 갈게 갈게."

"넌 전혀 안 변했구나."

"너야말로."

상대가 누군지 모르는데도 나는 깔깔 웃으면서, 이걸 어쩌지, 귀찮게 됐네, 난 고등학교 정말 싫었는데 하는 생각을 한다. 이제껏 살아오면서 한 번도 생각나지 않았지만 불편할 것 없었던 고등학교다.

"나는 그때나 지금이나 변함없는 연락책이야."

"탁월한 총무였으니 어쩔 수 없지."

이건 꽤나 대담한 어림짐작이다.

"어머, 너 잘도 기억하는구나."

내가 생각해도 놀랍다. 맞혔다.

내가 들어가자, 거실에 있던 대여섯 명의 여자가 "꺄아―" 하고 소리를 질렀다. 나도 "꺄아―" 하고 소리를 질렀다. 뚱뚱한 중년 여자, 반백인 여자, 엄청 돈 들인 옷을 입고 엷은 선글라스를 쓴 여자, 마르고 얼굴이 온통 세로로 주름이 진 여자.

"이를 어째, 밖에서 봤으면 못 알아봤겠어."

통통 살이 찐 여자가 말했다.

"어머 어쩜, 자세히 보니 옛날 그대로야"

하고 말하는 것은 바로 나다. 전혀 생각나지 않는다.

졸업 앨범과 졸업생 명단이 테이블 위에 놓여 있었다. 사진을 보니 암갈색으로 변색한 세일러복을 입은 여자아이들이 빽빽이 찍혀 있다.

"이거, 너니?" "무슨, 난 여기." "봐봐, 이 명단에 검은 동그라미 쳐져 있는 사람, 먼저 간 사람들이야." "뭐어? 이렇게 일찍 죽었어?" "얘는 졸업하고 바로 자살했잖아." "어머나, 몰랐어."

명단을 봐도 누가 누군지 기억이 나지 않는다.

"너, 운동회 때, 우리가 운동장 한가운데서 큰대자로 누워 보라고 했더니 정말로 누워버렸어."

나는 기억나지 않는다.

"뭐든 하라고 하면 했어. 나무에 올라가서 교장선생님 대머리에 석류를 던졌잖아."

교장선생님이 대머리였나?

홍차를 마시고 케이크를 먹고 그다음에는 큰 접시에 초밥이 나왔다.

"너도 힘들었지"

하고 엷은 색 안경이 가로주름 여자에게 말했다.

"정말이야. 그래도 드디어 끝났어. 정말이지 그야말로 이건 경험해본 사람이 아니면 아무리 말해줘도 모를 거야. 우리 집은 할아버지랑 할머니가 둘 다 치매가 왔어. 두 분이 차례로 죽을 때까지 8년 걸렸어. 치매가 겹친 기간이 1년 반. 하나는 밖으로 튀어나가지. 순찰차 부르는 사이에 다른 하나가 응가를 벽에 문질러 바르지. 정말 미쳐버리는 줄 알았다니까. 하지만 다 지나갔습니다. 지금은 거짓말 같아."

"넌 시아버지였으니까 정말 힘들었을 거야. 나는 친정엄마. 놀랐던 게, 글쎄 손님이 와있을 때 갑자기 문이 열리나 싶더니 엄마가 옷을 홀랑 벗고 서 있는 거야. 그래도 신통하게 두 손으로 앞은 가리고 있었어."

"어머나, 가리는구나. 그렇게 돼도."

"결국 뇌혈전으로 쓰러져서 식물인간이 돼버렸어. 당신한테는 미안한 일이었지만 병원에 입원시킬 수 있어서 다행이라며 한숨 놨지. 그래도 병원에서 1년을 더 사셨어. 그때 남편이 부모는 비록 운신을 못해도 살아 있는 것만으로도 감사한 일이라고 말해줘서, 속으로 그야말로 살았다 하고 소리쳤지."

"우리 시어머니는 지금 아흔아홉 살인데도 짱짱해서. 뭐랄까 무사의 딸 같다고나 할까, 항상 의연해. 전혀 치매가 올 것 같지도 않고 돌아가실 것 같지도 않아."

"아아, 무사 나리. 우리 집은 뭐랄까 공주님? 스스로는 아무것도 못하는 사람이었지. 난 시집갔을 때부터 이 사람 치매가 올 거라고 생각했어. 무사 나리하고 귀족 중에 고르라면 역시 무사 나리 쪽이 낫지. 다들 알겠지만 어렸을 때부터의 교육이 다르다고. 기합 넣는 방법이라든가."

"그렇구나, 공주님은 치매가 오는구나."

"어머, 누구한테 치매가 올지는 아무도 몰라. 우리 아버님은 두부 공장을 했는데 치매가 와서 12년을 자리보전한 채로 지냈어. 그런데 이상하게도 응가할 때가 되면 아무리 기저귀를 하고 있어도 뚝심을 발휘해서 화장실에 가는 거야. 가기 전에 얼굴을 새빨갛게 해가지고 으-웅 으-웅 하기 때문에 알 수 있어. 그리고 굉장한 뚝심으로 나를 꽉 붙들고 매달리는 거야. 크고 건장한 사람이라서 내 뼈가 부서지는 줄 알았다니까. 그래서 겨우겨우 화장실에 가면, 그다음은 쿵하고 허리에 힘이 빠져서 주저앉아. 도대체 그 힘은 어디서 나왔던 걸까. 그런 다음에는 침대까지 끌고 가는 것이 또 큰일이었어. 결국 나무판에 바퀴 달아서 끈으로 잡아당겼다니까."

"어쩌자고 여기 있는 사람들은 모두 그런 일을 겪은 걸까?"

"하지만 어쩌면 우리는 보통인 편 아닐까? 있지 3반 무쓰요. 그 애 열여덟에 시집갔는데 시집가자마자 시어머니, 아니, 시할머니가 쓰러져서 그 뒤로 쭉욱. 시할머니 다음은 시아버지, 그 다음은 시어머닌데, 그 시어머니는 아직도 살아계신다잖아."

"아니 그럼 30년이잖아."

"30년으로 끝날지 어떨지 모른다고."

"어머- 그 애, 굉장히 예쁘고 섹시해서 지금도 행복할 줄 알았는데."

"행복할지 어떨지는 모르겠지만, 힘들기는 힘들 거야. 반모임도 졸업한 해 여름에 한 번 나온 게 다였을걸. 통 밖에 나올 수가 없대. 그래도 아이 셋을 키웠어. 셋 다 굉장히 뛰어나다나봐."

"흐-응, 모두들 대단하구나."

"인생이란 게 생각대로 안 된다는 걸 아주 자알 알게 됐지. 자, 초밥 남기지들 말고 먹어."

"성게알 먹어버린다. 인생이란 게 언제 무슨 일이 일어날지 모르잖아. 그러니까 난 그때그때 먹고 싶은 것부터 먼저 먹어."

"나는 있지, 어머니가 치매 걸렸을 때는 마음을 다잡았었는데, 어머니가 입원해서 긴장이 풀린 순간 눈이 빙글빙글 도는 게 일어나질 못하겠는 거야. 난 결국 원인도 모른 채로 2개월쯤 입원했었어. 의사 선생님은 스트레스나 피로 때문이라고 했지만."

"그래도 모두 부리나케 도망치거나 하진 않았구나."

"으으 죽여 버릴까, 아니면 내가 죽어 버릴까 하는 생각을 수시로 했는데, 어쨌든 정신없었어."

"난 이런 거 내 아이한테는 시키고 싶지 않아."

"시키고 싶지 않다고 해봤자, 치매 안 걸린다는 보장은 없어."

"그러니까 돈 모아서 그런 곳에 가자고 남편이랑 의논 중이야."

"그런 곳? 치매가 돼도 돌봐주는 곳은 엄청 비싸. 내가 알아봤거든."

"난감하네. 난감해하는 것밖에 달리 방도가 없는 것도 난감하고."

생각도 나지 않는 세일러복의 청춘 같은 건 아무래도 좋다. 고타쓰에 철퍼덕 주저앉아 명랑하게 초밥을 나눠 먹는, 뚱뚱하거나 얼굴이 온통 주름투성이이거나 한 여자들. 이들 모두의 30년의 인생은, 열여덟 때의 얼굴은 생각나지 않아도, 그런 건 문제가 아닐 만큼 당당하게 나아가는 배와 같다.

♦ ♦ ♦

라면

삐걱 삐걱 누가 계단을 올라온다. 몸이 움직이지 않는다. 눈알만 움직여서 시계를 봤다. 1시 5분. 삐걱 삐걱. 나는 혼자 살기 때문에 수상한 사람이 침입했을 때를 대비해야 한다는 생각을 늘 하며 살았다. 그럴 때는 우선 냉정하게 재빨리 방문을 걸어 잠그고, 살금살금 소리를 내지 않고 베란다로 나간다. 그리고 거기서 뛰어내린다.

눈알을 움직여 문을 보니 문을 잠가놓지 않았다. 삐걱 삐걱. 문만큼은 당장 잠그고 싶은데 몸이 돌처럼 굳어서 눈알만 데굴데굴 움직인다. 삐걱 삐걱. 소리가 옆집을 지나쳤을 때는 등골이 오싹했다. 도둑이라면 가까운 방부터 뒤질 게 아닌가. 발소리는 우리 집 앞에서 멈췄다. 나는 가위눌린 채 문 손잡

이만을 쳐다보았다. 가늘고 긴 손잡이가 아래로 조용히 움직이며 끼익 하는 소리가 났다.

'엄마 살려줘.' 입 안이 바싹 말랐다. 이럴 때 억눌린 목소리로 '누구?' 하고 말하는 사람이 있을까. 그런데 나는 말했다.

"누구?"

문이 열렸다. 눈을 감았는지 떴는지 기억이 안 난다.

"언니." 여동생이 서 있었다. 온몸이 휴우 하고 안심했다. "언니." 동생은 한 번 더 부르고는 "히잉" 하고 울음을 터뜨렸다. 울면서 벽장 앞에 털썩 앉았다.

"무슨 일이니?" "깜짝 놀랐잖아." "너 혼자야?" "도둑인 줄 알았다니까." "무슨 일이냐니까?" "아 – 살았다, 너여서." 맥락 없는 말들이 연달아 내 입에서 튀어나온다.

"우욱– 너무해. 너무한다고, 그 사람."

여동생은 엉엉 울면서, 때때로 "히익" 하고 숨을 들이마신다.

"더 이상 그런 인간하고 못 살아."

"나, 깜짝 놀랐다니까."

"미안, 미안해"

"무슨 일인데?"

"언니, 오늘 나 좀 재워줘."

"좋아. 그런데 무슨 일이니?"

여동생은 흰 면바지에서 둥글게 뭉쳐진 휴지를 꺼내서 펴지도 않고 그대로 콧물 눈물을 닦는다.

"여기." 나는 이부자리 위에 책상다리를 하고 앉아 클리넥스 통을 던져줬다. 동생은 줄줄이 하얀 휴지를 잡아 뽑아서 세 장을 무릎 위에 겹쳐놓더니, 그것을 펼친 채로 얼굴에 갖다 댔다.

"오늘 엄청 추웠잖아."

"그래."

"도쿠 씨가 오토바이로 쓰쿠이 호수에 가자고 했어. 난 추워서 싫었지만 굉장히 강경하게 가자고 해서."

"왜 차로 안 가고?"

"도쿠 씨는 오토바이로 가고 싶다고 생각하면 오토바이로 가고 싶은 거거든."

"그래서?"

"낮에는 그 정도는 아니었는데 저녁부터 정말 이루 말할 수 없이 추워서 난 부들부들 떨었어."

"뭐하러 간 거니?"

"그냥 간 거뿐이야. 도중에 아무데도 세우질 않았어."

"그래서?"

"그 사람, 구두쇠야. 추우니까 어디 커피숍에라도 들어가자고 하는데 대답이 없어. 그러다가 배도 엄청 고파졌고. 배가 고프니까 더 추운 거야. 돌아오는 길에 라면을 먹고 싶다고 했는데도 한마디 말도 않고 쌩쌩 달리기만 하는 거야. 난 어디라도 좋으니까 들어가서 몸을 녹이고 싶었는데. 그 사람은 내가 춥거나 배가 고플 수 있다는 걸 전혀 생각해주지 않는 거야. 지독해."

여동생은 "흐윽" "흐윽" 하고 몇 번이고 흐느껴 운다.

"나를 전혀 생각해주지 않아."

"네가 안 먹으면 죽는다고 소리치면서 네 맘대로 라면쯤은 먹어도 되잖니."

"그런 사람이 아니야. 그 사람은 나를 한 번도 생각해준 적이 없어. 그래놓고 결국 집에 와서 퉁명스럽게 '밥 줘' 하는 거야. 난 피곤해서 밥할 기력도 없는데. 정말 짜증 나."

"왜 라면 정도도 밖에서 안 먹는 걸까."

"구두쇠거든. 집에서 먹으면 공짜잖아."

"정말로 구두쇠야? 너한테 시빅*을 새 차로 사줬는데, 구두쇠 맞아?"

"자기가 차를 좋아하니까. 자기가 좋아하는 거에는 돈을 쓰

---

* 일본의 자동차회사 혼다에서 만든 차.

지. 오토바이도 세 대나 사서 시댁에 놔두고, 그 낡은 차도 아직 갖고 있어. 누굴 줄 생각은 아예 없어."

"너 아무 말도 안 하고 집 나온 거니?"

"글쎄 너무하잖아."

"밥은?"

"밥하고 조림반찬만 있으면 된다는 거야. 그래도 어떻게 그렇게만 줘. 이것저것 차려줬는데 밥 먹는 동안에도 퉁명스레 아무 말도 안 하는 거야."

"그래서?"

"그래서 내가 욱해서 너무하는 거 아니냐고 불평을 했는데, 한마디 대답도 안 하고 자기 방으로 들어가서 텔레비전을 켜고 자리에 누워버리잖아. 그 사람, 왜 나랑 같이 사는지 모르겠어. 나는 있으나마나 한 모양이야."

"흐-음. 매일매일 퉁명스럽게 구는 남편이라면 문제네. 아이도 없으니, 다른 부부보다 사이가 더 좋아야 할 텐데 말이지. 너 고민해볼 필요가 있겠다. 라면도 먹게 해주지 않는 남자라니 최악이잖아."

"그렇게 생각하지?"

"라면 한 그릇의 사랑도 없는 건가?"

"그런데 지금 몇 시야?"

"2시 지났어. 그만 자자."

"아니, 역시 집에 가야겠어."

"왜? 너 집 나온 거잖아. 안 가도 돼."

"미안, 그래도 갈래."

"그럼 주차장까지 배웅해줄게. 자꾸 말해서 미안한데, 라면도 먹게 해주지 않는 녀석이라면 잘 생각해봐야 해."

나는 잠옷 차림으로 여동생과 함께 현관을 나섰다. 밖은 캄캄했다. 나는 앞장서서 차가 있는 곳까지 왔다.

흠칫 놀랐다. 집 앞에 풀 페이스의 헬멧을 쓴 남자가 커다란 오토바이에 걸터앉아 버티고 있었다. 가만히 움직이지 않는다. 2시. 한밤중이다. 으스스하다. 나는 몸이 후들후들 떨렸다.

"마, 마코, 저기 사람이 있어."

여동생은 내 뒤에서 고개를 내밀었다. 당장 집으로 돌아가서 문을 잠그자. 경찰에 전화하자.

여동생이 갑자기 나를 냅다 밀쳤다. 그리고 으스스한 오토바이 남자에게 달려들어 목에 매달렸다.

"도쿠 씨이-" 여동생은 풀 페이스의 얼굴 없는 헬멧을 껴안았다.

"도쿠 씨이-"

♦♦♦
입술

　메이지39(1906)년생인 아버지는 살아 있다면 84세이다. 84세이면 꽤 묵은 할아버지겠지만 51세에 죽어버렸으므로, 나는 84세의 아버지를 알 수가 없다. 하지만 어머니는 75세이고, 지금 내 옆에 있다. 가로세로 빈틈없이 들어찬 주름과 늘어진 피부를 아랑곳하지 않고, 공들여 파운데이션을 두드려 바르고 립스틱도 정성껏 칠하고 머리는 밤색으로 염색했다. 커다란 꽃무늬 블라우스에 검은 유리 같은 목걸이도 늘어뜨리고 무릎 위에 마주잡은 양손에 반지를 두 개나 끼고 있다.

　어머니의 손은 옛날에 어땠었지? 기억이 안 난다. 얼룩과 주름이 복잡하게 얽혀 있는 저 딱딱한 손등은 분명 어렸을 때부터 내가 알고 있던 그 손인데, 옛날에는 저 손이 어땠었더라?

"너, 이제 젊지 않으니까 얼굴 가까이의 색깔은 밝게 하는 편이 좋아"

하고 어머니는 버스에 흔들리면서 말한다. 내 회색 셔츠를 보고 하는 말이다. 젊지 않다고? 어머니에 비하면 나는 아직 완전 젊어요. 혹시 열아홉 된 아들한테 그런 말을 들었다면 주눅이 들겠지만.

"어머나, 여기 어디니?" "다카다노바바." "어머어머, 뭐어?" 어머니는 버스 창에 이마를 갖다 대다시피 하고 "변했구나. 어디가 역인 거니? 참 오랜만이구나" 하고 시가지가 자신에게 아무 언질을 주지 않고 변해버린 것이 유감이기라도 하다는 듯이 말한다.

"옛날엔," 옛날이라니 어느 옛날이냐고. 내가 대학 다닐 때의 다카다노바바도 이렇지 않았다고 불평하고 싶다. 옛날 옛날 할 게 아니라 어느 정도의 옛날인지를 분명히 해야 할 거 아니냐고. "옛날엔," 어머니는 한 번 더 말하고 입을 다물어버렸다.

버스는 먼지가 날리는 너저분한 길을 느릿느릿 나아간다. 버스가 흔들릴 때마다 어머니의 몸이 내 쪽으로 쏠린다. 미지근한 체온과 물컹물컹한 살이 내 허리 부근에 낳는다. 옛날

어머니의 몸은 좀 더 단단하고 좀 더 뜨거웠다. 버스에 이리저리 흔들리면서 어머니는 차창에 달라붙듯이 하여 밖을 내다보고 있다.

피부가 몇 겹으로 겹쳐진 목에 검은 유리구슬이 매달려 흔들린다. 나는 그것을 만지며, "이거, 유리예요?" 하고 묻는다. 어머니는 돌연 험악한 표정이 되어,

"무슨 실례의 말이니. 누가 이 나이에 유리구슬 따위를 하고 다니겠니. 이건 말이지."

어머니의 전신이 자만덩어리가 되어간다. "아-그래요. 이거 정말 큰 실례를 범했네요. 흑다이아라는 것이 있었지요." "이건 말이지." "네에네 실례를 범했습니다, 진짜라 이거죠." "아유, 정말" 하고 어머니는 언짢아져서 몸을 창 쪽으로 돌렸다.

어머니는 열심히 밖을 내다보면서, "나도 촌사람이 다 됐구나, 정말이지" 하고 작게 중얼거렸다. 아버지가 살아 있었다면, 어머니가 이렇게 덕지덕지 치장한 미국 노파처럼 되었을까. 가난한 회사원이었던, 아이가 많았음에도 취미만은 고상했던 아버지가 살아 있었다면. 아버지가 죽고 나서 벌써 33년이나 지났다. 아버지와 함께 살았던 세월보다 훨씬 오랜 세월을 혼자서 살아온 거다, 어머니는.

"어머나, 여기야, 봐봐." 어머니는 돌연 흥분해서 갈라지듯

소리를 내질렀다. 버스는 메지로 거리로 들어서서 가쿠슈인 대학 앞으로 접어들고 있었다.

"저기, 저 문 옆. 여기야. 엄마가 처음으로 아버지한테 입술을 허락한 곳. 전혀 안 변했구나."

버스 승객이 일제히 어머니를 봤다.

♦♦♦
어리마리

가오루는 굉장하다. 첫째로, 키가 173센티미터인 것이 굉장하다. 그 장신을 당당하게 한껏 꾸미는 것이 훌륭하다. 싸구려 티셔츠에서부터 잇세이미야케*까지를 종횡무진 누비는데, 머리는 대담하게 1.5센티미터 길이로 자른 빠글빠글 파마머리다. 패션모델로 보이지 않는 건 머리가 조금 크기 때문인데, 따라서 얼굴도 크고 그래서 입술도 당연히 거대하다 해도 좋다. 그럼에도 아무렇지도 않게 그 큰 입술에 착실히 립스틱을 바른다.

아오야마 거리를 황새걸음으로 휙휙 걸어가면 시골 촌놈

---

* 일본의 패션디자이너 미야케 잇세이가 만든 브랜드.

은, 과연 도쿄야, 멋있는 여자가 있어, 하며 관광버스 창문으로 고개를 내밀고 감탄하게 마련이다. 돈 씀씀이도 대단하다. 55만 엔을 갖고 나가 20년대의 스팽글 달린 꿈같은 앤티크 드레스를 한꺼번에 세 벌을 사온다.

"너, 이거 어디 입고 갈 건데?"

"그치만, 예쁜 걸 어떡해."

173센티미터는 체력도 기력도 헤비급이라서 그 입에서 "피곤해"라는 말이 나오는 것을 들은 적이 없다. 이 덩치 큰 여자는 책상 앞에 앉아 핀셋으로 작은 활자를 찾는 일을 한다. 연중 "어라, '안' 글자가 없어. '안'은 어디 갔지?" 하고 바닥에 엎드려서 찾는다. '안' 글자를 찾는 이 덩치 큰 여자는 초등학생 아들의 학부모회의에 선글라스를 쓰고 간다. 그걸 본 그 아들의 친구가 "너네 엄마, 옛날에 일진이었어?" 하면서 먼발치서 존경의 시선을 보냈다고 한다.

아오야마 거리에서 뭇 사람들의 시선을 모으는 이 대담한 여자는, 생활은 실로 성실하게 한다. 치매기를 보이는 할아버지와 불량한 조카 사이를 오가며 성심껏 돌보고, 남편에게는 얇게 썬 돼지고기에 차조기를 말아 오밀조밀 이쑤시개로 고정시킨 맥주 안주를 만들어 주고, 매일 비디오가게에서 두 개씩 연애영화를 빌려다 본다.

그렇게 활달하고 의젓하고 너그러운 여자에게는 불행 같은 게 꼬일 일이 없으며, 꼬였다 하더라도 머지않아 적절한 때에 불행 쪽이 떠나가는 법이다. 불행은 원래 불행이 좋아하는 인간에게 딱 붙어서 눌러앉는 법이다. 그러니 가오루 입에서 우는 소리가 나오는 것을 들어본 적이 없는 건 당연한 일이었다.

어느 날, 전화가 걸려왔다.

"가도 돼?" "언제?" "지금." "아니, 일은 어쩌고?"

가오루는 전화 너머에서 울고 있었다.

"무슨 일이야?" "지금 갈게."

인간이란 한심하고 딱하며 삐딱하고 종잡을 수 없는 존재라서, 이런 전화가 걸려오면 가슴이 두근거리면서 온몸에 힘이 넘치기 시작한다. 나는 갑자기 기운이 넘쳐서 냉녹차를 만들고 냉장고의 멜론을 꺼내 의욕적으로 자른다.

173센티미터의 여자는 불량한 선글라스를 끼고 현관으로 들어왔다.

"미안. 아무리 마음을 다잡아 보려 해도 일을 할 수가 없는 거야."

선글라스를 벗으니 눈이 붓고 붉어져 있다.

"뭐 마실래? 녹차가 좋을까, 커피로 할까?" "다 필요 없어."
"멜론도 있는데." "필요 없어." "어떻게 된 거야?" "아키라가 바람을 피웠어."

좋았어. 기대했던 대로다. 가오루는 소파에 걸터앉아 양손 손가락을 한데 모아 눈을 누르고 있다.

"그 사람, 착실한 사람인 걸 아니까 불쌍해. 그야말로 갈팡 질팡한다니까."

"누가?"

"아키라 말이야. 바람 같은 거 피울 사람이 아니라는 걸 아니까, 보고 있으면 불쌍해서."

"뭐야, 지금 바람피우는 남편을 동정하는 거야?"

"심심풀이로 바람피울 수 있는 그런 엉큼한 사람이 아니라 고."

"상대가 누구야?"

"본 적은 없지만, 마쓰자카 게이코*에게 지적인 면모를 더한 것 같은 사람이라더라고."

"뭐?"

"그게 말이지, 아키라가 아니라 그 여자 쪽이 아키라를 건

---

* 배우. 〈가마타 행진곡〉, 〈죽음의 가시〉 등이 대표작이다.

드리는 모양이야. 아키라가 난처한가봐. 갈팡질팡이야."

피 솟고 살 떨리는 굉장한 이야기가 아닌가. 그러나 웬걸, 덩치 큰 가오리가 느릿느릿 천천히 이야기하는 것을 듣고 있자니, 아-함 아-함 아-함 하고 하품이 나오려고 한다.

"끔찍한 얘기지. 그 여자는 이름이 아오야마 유미코래. 프랑스어 번역을 하면서 완전히 독립적인 생활을 하고 있는데 결혼 생각은 없지만 아이는 갖고 싶다고 한대. 그것도 아키라의 아이를 원한다는 거야. 너무하다고 생각 안 해?"

"정말 너무하네."

하지만 나는 소파 위에서 그 피 솟고 살 떨리는 드라마를 들으면서도 이제는 몸이 옆으로 축 늘어져서 쿠션을 끌어안는다.

"그런데에, 그 여자, 그 여자라고 하면 기분 나쁘게 들릴까? 그래 아오야마 유미코 씨는 아키라를 딱히 사랑하고 있는 게 아니야. 그저 아이를 원할 뿐이라는 거야. 그녀한테는 이미 아이가 한 명 있대. 한 번 결혼했던 적이 있대. 그런데 그 아이를 외동으로 키우고 싶지 않다는 거야. 아키라가 아이 아버지로서 이상적이라고 생각하는 모양이야."

굉장하다. 굉장한 여자가 등장하는 세상이 되었구나. 그것도 이렇게 내 가까운 곳에. 프랑스어 나불나불에 마쓰자카 게이코에게 지적인 면모를 더한 미인이, 그 감자처럼 생긴 아키라에게 당신 아이를 갖고 싶다고 들이민다. 굉장하다.

온몸의 피가 솟구쳐야 하는데, 어쩐지 어리마리한 것이 쿠션 안에 얼굴을 묻고 싶어진다.

"처음엔 아키라가 나한테 농담 같이 말해서 재미있는 얘기네 하고 웃었어. 그런데 아키라가 점점 이상해지는 거야."

"어떤 식으로?"

쿠션 안에서 우물우물 나는 묻는다. 의리상 필사적으로 묻고 있는 거다.

"지금까지는 농담하듯이, 너 정신 차려, 오늘은 아이 만드는 남자가 데이트 나가는 거다, 하고 말했거든. 그런데 최근에는 이상해. 산 지 얼마 안 된 디오르 양말을 찾는 거야. 정신을 어디 딴 데 두고 찾아 돌아다녀. 그걸. 그래서 뭐 찾아요? 하고 물었더니 흠칫해서는, 아 양말, 이래. 그러고는 주변에 있는 낡은 면양말을 허둥거리며 신는 거야. 이상하지? 그래서……"

"그건 언제쯤 얘기야?"

"벌써 2개월쯤 전. 그 무렵부터 더 이상 그 사람 얘기를 입에 올리지 않게 됐어. 그리고 어젯밤, 아니 정확하게는 오늘 아침이구나. 집에 온 게 6시야, 아침 6시."

가오루는 거대한 몸을 실룩거리면서 흐느껴 운다.

"그러고는 마작을 했다는 거야."

"정말 마작을 했을지도 모르잖아."

이제 얘기는 클라이맥스에 다다랐는데도 졸려서 견딜 수가 없다. 푹 잠든 한밤중이라도 번쩍 눈이 떠질 이야기인데.

"있지, 나 한숨도 못 자고 기다리고 있었거든. 맹렬한 기세로 달려들어서 후려갈겨버렸어. 이게 무슨 꼴불견인 짓거린가 생각했지만, 어쩔 수가 없었어. 이제 어쩌면 좋지?"

가오루의 목소리가 어리마리 느긋하게 멀리서 들려온다. 어쩐지 자장가 같다. "그러니까아……" "정말로오……" "그 사람은……" "점점……" "……"

"으응, 듣고 있어?" 가오루가 들여다보면서 나를 흔들흔들 흔들고 있다. "응, 듣고 있어"라고 대답하고, 나는 쿠션에 침을 흘리면서 꾸벅꾸벅 졸고 만다.

"가오루 너, 너무 착하게 컸어. 너무 의젓해. 커피라도 마시면서 차분히 생각해보자."

나는 졸음을 뿌리치면서 자리에서 일어섰다.

♦♦♦

울지 않는다

아들은 덩치 큰 몸을 L자형으로 접고 단정치 못한 자세로 텔레비전을 보고 있다. L자형 소파를 큰 몸으로 꽉 채웠다. 몸가짐을 바르게 하고 앉으면 네 명은 앉을 수 있는 공간이다.

"쫌, 다리 좀 굽혀라."

나는 아들의 커다란 두 발을 밀었다. 양말 위쪽으로 정강이 털이 보였다.

"에잇" 하고 아들은 무릎을 굽혔다. 커다란 몸 전체로부터 정말로 마땅치 않다는 아우라가 나온다.

"이 여자는 누구니? 얘나 쟤나 같은 얼굴이니 원. 넌 구별이 되니?"

나는 텔레비전의 젊은 여자를 보며 말했다.

"엄마 바보 아냐? 조용히 좀 보려고 했더니."

아들은 큰 몸을 움직여 자리에서 일어났다. 그리고 언짢은 표정을 감추지 않고 테이블 위의 모자를 큰 머리에 얹었다.

"그럼 갈게."

"가니? 밥은?"

"필요 없어."

"특별한 일 없으면 좀 더 있다 가지 그러니."

"있을 이유가 없는걸."

아들은 문을 열고 나갔다. 키가 커서 모자가 문틀에 닿을 듯 말 듯 하다.

"너, 모자 쓰고 다니면 대머리 된대."

문이 꽈당 닫혔다. 삐걱삐걱 계단 내려가는 소리가 난다. 텔레비전의 젊은 여자가 금색의 거꾸로 된 튤립 같은 스커트를 흔들면서 어설픈 솜씨로 노래를 부르고 있다. 당장이라도 울 것 같은 표정으로.

리모컨으로 스위치를 껐다. 나는 귀를 기울인다. 현관문이 닫힌다. 귀를 기울인다. 부릉부릉 5만 엔짜리 싸구려 왜건의 엔진 소리가 나더니, 한 방 방귀 뀌는 것처럼 굉음을 남기고 멀어져 갔다.

돌연, 그 아이가 내 앞에서 우는 일은 앞으로 평생 없겠구나 하는 생각이 들었다. 그 아이가 운 것을 마지막으로 본 게 언제였더라. 고등학교 때는 이미 울거나 하지 않았다. 여자아이라면 울었을 만한 일에도 그저 시무룩하니 있을 뿐이었다. 시무룩해져 밖에 나가서 며칠이고 집에 돌아오지 않았다.

중학교 1학년 때, 나를 올라타고 앉아서 때리며 운 적이 있었다. 내가 그 전에 아들을 올라타고 앉아서 때렸기 때문이다. "엄마는 자기 아들을 못 믿어?" 하면서 울었다. 카세트테이프 2개를 훔친 것 같다는 의심이 들어서 실토하게 하려던 것이었다.

아들의 반응을 보니 정말 억울해서 눈물을 흘린 것 같아 미안했다. 그러나 아들은 실은 떡하니 카세트테이프를 훔쳤다.

그 눈물은 뭐였을까. 나는 오랫동안 그 눈물이 무슨 눈물이었을지 궁금했다. 아들이 내 앞에서 운 것은 그게 마지막이었을지도 모른다.

여자는 아무리 나이를 먹어도 울 수 있는데, 남자란 불쌍하구나.

"얘도 옛날에는 귀여웠어. 내가 여기 앉아라 하고 엄숙하게 말하면 얌전히 정좌를 했지. 눈물 뚝뚝 흘리고 순진했다니까."

숙모는 일흔 살 치고는 믿을 수 없을 정도의 파워로 계속 얘기했다.

"그래요? 몰랐네. 당신 정말 울면서 반성한 적 있어?"

남편은 진귀한 물건이라도 본 것처럼 과장되게 놀라는 시늉을 한다.

"옛날부터 입은 거칠었지만 마음은 착했어. 뚝뚝 눈물 흘리며 울었지."

"어머, 내가 눈물 흘리며 반성할 정도로 숙모한테 나쁜 짓을 한 적이 있어요? 뭐 때문이었죠?"

"왜 그랬는지는 잊어버렸어."

생각났다. 그래, 한 번 울었다.

숙모가 내게 나이 어린 사촌여동생의 그림 숙제를 해주라고 시켰다. 그때 나는 미술학교 학생이었고, 사촌여동생은 초등학생이었다.

"미이짱이 그린 걸 조금 고쳐주는 정도라면 하겠는데요."

"저 애는 그림을 잘 못 그리잖니. 넌 그림이 전문이니까 쉬울 거 아니니."

"못 해요. 미이짱이 그린 것처럼은 그릴 수 없어요."

"그러니까 잘 그려주라고. 통신부 점수만 올려주면 돼."

"에이, 그렇게 해서 점수 올리는 게 무슨 의미가 있어요."

"글쎄, 시키는 대로 해."

숙모는 거대한 돌처럼 미동도 하지 않는다.

"자아, 미이짱 가자. 2층에서 본 풍경 그리자."

미이짱의 팔레트는 한 번도 사용한 적이 없는 것처럼 새하얀 채 그대로였다. 그림물감도 거의 새것이나 같았다.

"어서 그림물감 짜."

"어, 무슨 색?"

"쓸 만한 색 모두"

미이짱은 초록색 튜브의 뚜껑을 조심스럽게 열고, 겨우 귀지만큼 물감을 짰다. 그걸로 어떻게 색깔을 칠한담.

"더" "어어, 남으면 아깝잖아." "괜찮으니까, 이 넓은 데에 푹푹 짜라고." "어어, 그런 짓 했다가는 색깔이 배서 팔레트가 더러워진다고." "너, 그림 그릴 생각은 있는 거니?" "글쎄 초록만 짜면 초록 튜브가 적어져."

나는 멍하니 미이짱의 얼굴을 봤다.

"그럼, 너 좋을 대로 그려. 나중에 내가 고쳐줄 테니까, 다 그리면 불러."

미이짱은 그리지 않았다. 나는 내버려뒀다. 그날 밤 숙모는 펄펄 뛰었다.

"시키는 대로 좀 고분고분하게 말 들으면 안 되니? 그냥 그려주면 될 일이잖아. 뭐야, 그 고집스러운 태도는."

그냥 될 일이 아니다. 나는 짧게 말했다.

"미이짱이 조금이라도 그리면 고칠게요."

"그 얘길 하는 게 아니잖니. 왜 그렇게 옹고집이야."

"그럼, 숙모가 그리면 되잖아요."

"너 미술학교 학생이잖니. 내가 그릴 수 있었으면 애초에 너한테 부탁 안 했어."

그때 나는 울었다.

"됐다. 진작 말 들었으면 좋았잖아" 하고 숙모는 매듭지었다. 나는 내 방 벽장을 열고 이불에 얼굴을 묻고 계속 울었다.

"이제 생각났어요. 울었던 거."

"거봐, 정말로 넌 착하고 귀여웠어. 훌쩍훌쩍 울고 말이야."

숙모는 내가 나 자신의 고집스러움을 반성하고 눈물을 흘린 거라고 생각했나보다. 30년 지나서 알게 됐다. 황당했다.

나는 아들이 보인 수많은 눈물을 한꺼번에 기억해냈다.

세 살의 눈물, 아홉 살의 눈물. 그 아이는 하나하나의 눈물의 사연을 분명 그 누구에게도 이해받을 수 없었을 것이다. 울고 있는 세 살의 아들을 끌어안고 함께 우는 내가 있었지만, 그때에도 그 아이가 눈물을 흘린 사연을 나는 알 수 없었다. 그리고 덩치가 커진 아들이 내 앞에서 우는 일은 이제 평생 없을 것이다.

♦♦♦
다섯 번째 여자

그 여자가 뭐 별로 특별히 기분 나쁜 년인 건 아니었지만, 그래도 이번엔 그냥 못 넘어가겠더라고. 응, 그 여자는 다섯 번째였고, 나도 처음엔 대수롭지 않게 봤지. 단순한 바람일 거라고. 물론 단순한 바람이라도 그때마다 한 번 한 번 고기 써는 칼로 내 내장도 여자의 내장도, 물론 남편 것도 확 쳐 자르고 싶은 심정이었어.

우선 화가 났던 건, 그 여자가 대단한 미인이 아니었다는 점이야. 미인이 아닌 너로서는 이해하기 어려울지도 모르지만, 바람피운 상대 여자가 자기보다 미인이면 체념이 되는 법이거든. 그런데 못생긴 여자였어. 더군다나 아이 딸린 이혼녀였지.

우리 남편은 나부터 시작해서 사귀는 여자가 갈수록 못생겨져 가는 거야. 두 번째, 그럭저럭. 네 번째는 꽤 심했고, 이번 다섯 번째는 목 위에 붙어 있으나 없으나 상관없다고 해야 할 얼굴이야.

그런데 그 다섯 번째 여자를 만나고 나서 남편이 나한테 도장 찍자는 말을 꺼냈어. 이미 7년 이상 별거하고 있는데도 말이야. 하지만 난 그 못생긴 여자를 보고 절대로 도장은 안 찍겠다고 결심했어. 그렇게 남의 이목에 신경 쓰는 멋쟁이가 그런 여자와 함께 살겠다고 하는 게, 나로서는 도저히 이해가 안 갔거든.

나랑 사귈 때는 입는 것부터 호텔까지 아낌없이 돈을 썼어. 물론 나는 돈을 쓰는 보람이 있는 여자였지만.

하지만 그 여자는 어떤 블라우스를 입혀봐도 주위에서 흔히 볼 수 있는 그저 그런 아줌마나 벼락출세를 한 중년 커리어 우먼으로밖에는 안 보이는걸. 언제 봐도 그 어느 한 쪽으로밖에 안 보였어.

나는 적어도 돈에 관해서는 전혀 불편한 거 없어. 남편은 중소기업 사장 월급 정도의 생활비를 보내줬으니까. 난 돈도 시간도 남아돌았지. 그래서 공부나 해볼까 하고 이것저것 손을 대봤지만 다 시들해져서 도중에 그만뒀어.

그런데 그 여자는 멍청하게도 매일 학교에 가서 머리 나쁜 중학생들을 가르치는 모양이야. 벌써 26년이나 교사 생활을 하고 있대. 싼 월급 받으면서 말이야.

난 도장을 절대로 안 찍었어. 밤중에 위스키 병 한 다스를 상대의 현관에 던져준 적도 있어. 그럴 때에 꼼짝 않고 숨죽이고 있는 게 내 남편이야. 그 여자는 열두 병째가 끝났을 때 검은 비닐봉지를 들고 나와서 나한테 말하는 거야. "이게 마지막인가요?" 하고. 그리고 큰 병조각을 종이봉지에 담은 후에 검은 비닐봉지에 넣는 거야. 얄미워서 부아가 나더라고. 난 앉아서 담배를 피우며, "이봐, 저기" 하고, 아직 줍지 않은 깨진 병조각을 발짓으로 알려줬어.

도중에 열대여섯쯤 되어 보이는 아들이, "내가 할 일은 없어요?" 하며 나오니까, "괜찮아. 아, 손전등 가져와라" 하는 거야. 화가 났어. 어디 도장 찍나봐라.

그때, 지저분한 얼룩고양이가 어두운 나무그늘에서 야옹 울었어. 그랬더니 그 고양이 들어가라고 현관문을 열어주더라고. 난 그걸 보고 의지가 더 철석같이 굳어졌어. 나는 돈은 많은데 그 넓은 맨션에서 혼자 살아. 술에 취해 한밤중에 전화를 해서 사람들 괴롭히는 게 내 일과야. 그런데 이 집에는 고양이까지 있잖아. 나는 그 고양이를 붙잡아서, "목을 조를 거야, 이 목을 졸라서 죽이면 도장 찍어줄게" 했어. 그런데 참 이상도 하지. 그 고양이가 가만히 있는 거야.

그랬더니 여자가 말했어. "그 고양이, 갖고 싶으면 줄게요. 그런 김에 미안하지만 그 사람도 데려가요. 나 처음부터 굳이 같이 살려던 거 아니었어요. 그 사람이 멋대로 여기 와 있는 거예요."

그때, 갑자기 내가 뭣 때문에 15년이나 도장을 안 찍었는지 모르겠다는 생각이 들더라고.

이튿날, 도장을 찍었어. 정말로 후련했어. 그랬더니 말이지, 그날 그걸 보고 그 여자도 아이를 데리고 나가버렸대.

♦♦♦
구두

"더 잘 두드려야지."

나는 로스용 고기 토막을 나무공이로 두드렸다. 돼지고기
는 하얀 기름 부분이 얇아지면서 자꾸만 옆으로 퍼져 크고 둥
근 모양이 되어간다.

"너, 언제까지 계속 두드릴 거니? 적당히란 말 몰라?"

숙모는 내가 크게 만들어놓은 돼지고기에 밀가루를 치대면
서 말했다. 5인분 네 토막을 두드려서 크게 만들면, 한 사람이
다섯 조각씩의 돈가스를 먹을 수 있게 된다.

숙모는 돼지고기를 두드리는 듯한 리듬으로

"머리, 머리"

하며 자신의 머리를 가리켰다.

"너, 숙부가 돌아와도 구두는 손대지 말고 놔둬라."

숙모는 기름 속에 엄청 큰 고기를 미끄러뜨려 넣으며 말했다. 골목에서 들려오는 인기척에 귀를 기울이면서.

"두고 보렴. 오늘은 최후의 일격을 가할 테니까. 후후후후. 6시 52분에는 돌아올 거야."

숙부가 바람을 피우고 있다고 숙모는 말한다.

"바람을 피워도 집에는 꼭 온다니까."

나는 더 이상 두드릴 고기가 없어져서 재미가 없었다. 계속 두드려서 시코쿠나 호주만큼 늘리고 싶다.

"남자는 생겨먹길 그렇게 되어 있어. 남자는 착실할수록 색골이거든."

문이 덜컹덜컹 열리고, "다녀왔어" 하는 숙부의 목소리가 들렸다. 숙모는 부엌 시계를 젓가락으로 가리키며 말했다.

"봐, 6시 51분. 후후후."

2평 남짓한 방에서 과제 리포트를 쓰고 있는데 내 뒤에서 방문이 열렸다. 소리도 없이 조금 열렸다.

"잠깐 이리 좀 와봐. 얼른"

숙모는 슬금슬금 어두운 계단을 내려간다. 나도 슬금슬금 내려간다. 현관에서 숙모가 상체를 앞으로 숙이자 숙모의 엉덩이가 거대해졌다. 여자는 말랐어도 엎드리면 엉덩이만큼은 저렇게 펑퍼짐하다.

욕실에서 쏴아 하고 물소리가 난다. 숙부가 목욕을 하고 있는 모양이다.

나도 숙모 옆에서 몸을 숙였다. 내 엉덩이도 숙모만큼 펑퍼짐하게 보일까. 숙모는 숙부의 구두를 뒤집어서 내 코앞에 쑥 들이밀었다.

"봐, 여기 나뭇잎이 붙어 있지? 보여?"

얇은 종이처럼 조각난 노란 마른 잎이 구두 굽에 달라붙어 있다.

"이건 진흙일 거야." 숙모는 구두 굽에 얼룩처럼 테를 두르고 있는 하얀 가루 같은 것을 가리켰다. "내 눈은 못 속여. 봤지?"

숙모는 숙부의 구두를 내려놓고 "후후후" 하고 웃었다.

"뭘요?"

숙모는 상체를 숙인 채로 소리 죽여, 하지만 힘주어 말했다.

"여기서 회사까지는 진흙길은 아무데도 없어. 그렇지? 머리, 머리. 후후후"

숙모는 자신의 머리를 가리켰다. 골목에서 바깥의 상점가, 거기서부터 전철, 신주쿠에서 도쿄역. 정말 그러네.

"오늘 어디 교외에 갔던 거야. 여자랑."

쏴아 하고 욕실에서 또 소리가 났다.

"이제부터 천천히 추궁할 테니까. 잘 봐둬라. 남자는 착실할수록 쉽게 들킨단다."

숙모는 웅크리고 앉아 무릎 위에서 팔짱을 끼고, 그 위에 턱을 올리고 구두를 노려봤다.

"이제 2분이면 욕실에서 나올 거야."

숙모는 부엌 기둥의 시계를 고개를 돌려서 보더니 말했다.

"자, 이제 됐다. 어서 빨리 네 방에 가라. 내려오면 안 돼."

나는 슬금슬금 2층으로 올라가서 살그머니 문을 닫고 책상 앞에 앉았다. 욕실 유리문이 덜컹덜컹 열리고 닫혔다. 시계를 보니 정말로 2분 지났다.

♠ ♠ ♠

긴쓰바*

어머니가 며느리 흉을 볼 때는 적어도 이상하다고는 생각되지 않는다. 다만 들으면 침울해지기 때문에 듣고 싶지 않은 이야기라, 나는 화제를 돌린다. 그러면 어머니는 천연덕스럽게 다른 화제로 옮겨간다.

"나, 그때는 아직 스물다섯이었거든. 젊었었지. 회사의 별장…… 거 왜, 하얀 아치가 있고 서양풍의 보이가 서양요리를 날라다 줬잖니. 아버지는 주말이면 반드시 집에 있었지. 너희들하고 낚시도 하고. 하지만, 야마모토 씨, 알아? 왜 그 큰아들의 이름이……"

---

* 팥소를 넣어 구운 일본의 전통 과자.

"유짱."

"그래 맞아 유짱. 그 애도 벌써 쉰이 넘었을 거야. 다니는 회사가 어디였더라, 게이킨…… 아니야, 닛케이 알루미늄도 아니고……"

"아니, 그 야마모토 씨가 뭘 어쨌는데?"

"아, 야마모토 씨 같은 경우는 어땠나 하면, 아이들은 부인에게 맡겨놓고 자기는 자기 하고 싶은 대로 지내면서 집에도 거의 오지 않았어. 정말로 야마모토 씨는 형편없는 사람이었어. 들었니? 죽었을 때는 떠돌이나 마찬가지였대. 자기 집에 중국인 떠돌이를 몇 명이나 묵게 한 일도 있었지. 아무튼 비상식적이었다니까."

"중국인들 재워 준 게 뭐 어때서."

"좋을 리가 있겠니. 냄새는 나지. 이가 온갖 데에 들끓지."

나는 어머니가 전후 40년이 넘게 세월이 흘렀는데도 중국인을 일꾼으로 부렸었다는 자만과 오만을 버리려고 하지 않는 것이 기가 막혔다.

어머니가 정신만 온전하다면, 어머니가 중국인 일꾼에게 했던 것들을 그대로 여기서 보여주고 싶다. 어머니는 30년 전이나 20년 전이나 남의 얘기를 듣는 사람이 아니었다.

어머니가 우리를 키우던 시절, 우리가 가장 많이 들은 말이

"시끄러워"였다.

"내 주민표는 어떻게 하니?"

"그건 내가 모리오카에 가서 전출신고를 하고 온다니까."

"아, 그래. 그럼, 여기는 구청이 어디에 있니?"

"지하철역 앞 큰 건물."

"아-그래, 그 지하철역이 뭐였지?"

"미나미아사가야."

"아-맞아."

"엄마, 녹차는?"

"엷게, 엷게 타줘. 요즘엔 진한 차를 못 마시겠어. 나이를 먹어서 그런가, 식욕이 없네."

당연하다. 식사 전에 우사기야*의 도라야키**를 두 개나 먹지 않았는가. 그러고 나서 어제 밤에 먹고 남은 스튜를 한 그릇 비우고 밥도 한 상 해치우고 딸기도 한 접시 먹었다.

"그런데 구청이 어디라고?"

"지하철역 앞."

"아-하아, 그 지하철역이 어딘지 모르는데."

---

* 일본 고유의 과자를 파는 체인점의 이름.
** 살짝 부푼 원반형의 팬케이크풍 빵 사이에 팥소를 넣은 과자.

"어제 엄마가 내린 곳."

"나 지하철 안 탔어. 도쿄역에서 곧장 왔다고."

"그렇게 타고 온 게 지하철이에요."

"아-야마노테선. 그거 타고 온 거지?"

"엄마, 마루노우치선 타고 미나미아사가야에서 내렸어."

"아-그래?"

"엄마 단팥죽 먹을래요?"

"먹어볼까나."

어머니는 단팥죽을 날름날름 먹었다. 나는 물끄러미 보고 있다.

"넌 안 먹니?"

"난 팥소 든 거 싫어해서."

"그랬었나?"

엄마, 나 팥소 든 거 안 먹겠다고 결심한 적이 있었어. 전쟁이 끝난 뒤, 단 거라면 진흙 속에 떨어진 엿까지 주워 먹던 시절에 그런 결심을 한 거야.

열 살 때 어머니는 아침부터 여동생을 내 등에 업혀놓고 이웃 아줌마들과 놀았다. 나는 기저귀를 갈아주는 시늉을 하다가 여동생을 놓고 도망치려고 했다. 어머니는 잽싸게 그걸 알아채고 부엌 구석으로 말없이 나를 끌고 가서 무서운 눈을 하고 내 팔을 꽉 꼬집었다. 꼬집힌 곳이 보라색이 됐다. 나는 아무 소리 못하고 다시 여동생을 포대기로 등에 꽉 잡아맸다.

나는 여동생을 등에 업은 채, 히로짱과 땅따먹기를 했다. 그때, 높은 톤의 쾌활한 목소리가 "도모코-" 하고 불렀다. 신명이 난 어머니의 목소리다. 등에서 여동생의 머리가 까딱까딱 흔들렸다. 내가 달려갔기 때문이다.

"도모코, 매화당에 가서 긴쓰바 네 개 사와라. 네 개다."

나는 꿈꾸듯 설레는 기분으로 수로 옆으로 난 길을 여동생을 등에 업은 채 달렸다. 그리고 머리 꼭대기에 쏟아지는 뜨거운 햇볕을 받으며 긴쓰바 네 개를 단단히 쥐고 돌아왔다. 내 눈이 긴쓰바를 향하여 형형히 빛나는 것을 나 스스로도 알 수 있었다.

"긴쓰바가 왔어-"

어머니는 신이 나서 친구들에게 말했다. 나는 개처럼 기다렸다. 긴쓰바를.

"너, 뭐하는 거니. 어서 빨리 밖에 나가지 않고. 뭘 보고 있는 거야."

어머니는 둘째손가락으로 내 이마를 힘껏 밀었다.

그날부터 나는 앞으로 팥소가 든 것은 절대로 안 먹겠다고 결심했다.

내가 앞으로 어떻게든 내 힘으로 살고 싶다고 생각한 것은 어머니 곁에 있고 싶지 않아서였다. 어른이 되어도 어머니를 향한 나의 시선은 차가웠다.

그 어머니가 정신이 반쯤은 망가져서 우리 집에 같이 살게 됐다. 나이를 먹으면 누구라도 이렇게 된다. 나는 예전의 어머니와 지금 이 나이 먹은 어머니는 다른 사람이라고 머리에 애써 주입시킨다. 지금의 어머니는 내가 모르는 그냥 가여운 할머니라고.

"너, 이거 네가 직접 끓였니?"

"네."

"네 올케는 뭐든 사서 먹어. 하루 온종일 시간이 남아돌 지경인데도 손수 요리를 하는 법이 없어. 식어버린 정육점 고로케에, 된장국은 언제나 두부된장국. 그래도 나는 불평한 적 없어요."

어머니는 우우움 하고 울음을 터뜨린다.

"이제 다 끝난 일이야. 자꾸 생각해서 뭐해요."

"그래요. 그래요."

어머니는 클리넥스로 눈 주위를 문질러댔다.

"구청은 어디지요?"

"지하철역 앞"

"어머, 지하철이라니. 난 몰라. 나 타본 적 없을 텐데."

"어제 내린 곳이에요."

"아 – 그래."

"그 앞이 구청이니까."

"그건 무슨 역?"

"미나미아사가야."

"어머나, 처음 듣는 곳이야. 그건 야마노테선?"

"지하철 마루노우치선."

"뭐? 마루노우치선? 야마노테선이 아니고?"

"아니야."

"아, 그렇구나."

나는 어머니의 단팥죽 그릇 속에서 희부연 팥의 흔적을 보고 있다.

"도모코. 부웅부웅 소리가 나서 잘 수가 없구나. 저기서 소리가 나."

"잘 때, 여기 빨간 버튼을 누르라고 했잖아요."

"아니, 나 이런 거 처음 봐."

"봐요, 여기 누르고."

"네, 네."

"봐, 멈췄지? 내일 일어나기 전에 다시 같은 곳을 누르면 방이 따뜻해져요."

"어디?"

"여기."

"어머, 이런 거 처음 봤어."

"몇 번 누르다보면 알게 될 거야."

"그래요, 그래요."

내가 방을 나오려 하자,

"있지, 도모코. 이건 뭐하는 거니?"

어머니는 난방기의 리모컨을 들고 황망해 한다.

엄마, 참 잘도 깜빡깜빡 잊어버리는구나. 하지만 나는 옛날의 엄마를 잊어버리는 것이 무척 어려워요.

이쪽은 계단밭, 쭈-욱이야

이런 식으로 집이 있고, 여기 이쯤에 곳간이 있고, 그 옆 이
곳에 굉장히 큰 소나무가 있고, 이쪽은 계단밭. 쭈-욱이야. 아
래로 후지 강이 흐르고 그 건너에는 산이 있지. 곳간 앞에 집
안 묘지가 있어. 큰어머니의 무덤도 거기 있지. 큰어머니의
무덤에서 보면 내가 시집 온 친정이 보여. 지붕과 감나무가.
큰아버지는 아침에 일어나면 큰어머니의 무덤을 쓸고 매일
금잔화를 새것으로 바꾸고 향 피우고 짧은 경문 비슷한 걸 웅
얼웅얼웅얼 입속으로 외고는 대머리를 푹 숙이고 "어때" 하
고 비석에 말을 걸어. "그렇구나" 하기도 하고. 그리고 그 비
석 옆 돌에 걸터앉아 담배도 피우고, 산인지 강인지를 하염없
이 바라보곤 해. 부부 사이가 특별히 좋았던 것도. 아닌데 말

이야.

"갑자기 내가 들어갈 무덤이 걱정되네. 난 소박데기잖아. 이대로 죽으면 공동묘지 같은 데 집어넣겠지?"

"어쩔 수 없잖아. 공동묘지도 감지덕지야. 난 공동묘지에 넣어주면 좋겠다고 남편한테 말하는 중이야."

"어째서? 네 남편은 선조대대로 내려오는 훌륭한 가족무덤이 다마 묘지에 있잖아. 묘지에 문도 달려 있고 잔디도 깔려 있는 거 처음 봤어."

"무슨 소리. 그 시어머니에다가 상대가 누구든지 간에 상관 않고 고함을 질러대던 시아버지랑 죽어서까지 함께 지내야 한다고 생각하면, 난 죽고 싶어도 못 죽어. 죽어서는 혼자 조용히 있고 싶어. 절대로 싫어."

"글쎄 공동묘지 같은 데는 어쩌면 색골 치한이라든가, 엄청 미인인데 죽고 나서도 보란 듯이 여전히 예쁜, 그런 여자라든가, 여자가 됐으면 녹차 정도는 타서 나를 줄 알아야지, 따위 소리나 하는 한물간 과장대리 등등이 미어터질걸."

"묘지백화점 같은 건 어때?"

"어머, 몰랐어? 모모코 씨 어머니 무덤이 그거야. 가봤더니, 아버지의 정부의 무덤이 이미 마련돼 있었대. 아버지를 한가운데 두고 나란히 모셨다더라."

"그랬구나. 하지만 어머니는 모르셨겠지."

"응. 모르셨대. 몰랐으면 되는 건가?"

"모르면 되는 거지. ……그래도 난 시어머니랑 같은 무덤에는 들어가지 않을 거야. 너한테 부탁할게. 내가 죽으면 저기어디에 굴려놓든가 강물에 흘려보내줘."

"그래도 네 남편은 대머리로 네 무덤 쓰다듬으며 미안했어하고 말하고 싶을지도 몰라. 입안으로 중얼중얼. 그러고는 그잔디를 깐 묘지에서 멍하니 담배를 피우고 싶을지도 몰라."

"그래도 곁에서 시어머니가 유골함 뚜껑 덜그럭 열고, 사에코, 네 다리뼈 행실이 그게 뭐니, 할 것 같아. 깨진 두개골의눈구멍을 빛내면서, 골반 뼈는 더 아래쪽에 있어야 하는 거아니니, 망측해라, 할걸, 분명."

"그렇게 지내다 보면 이치로가 들어올 거야."

"어머, 어쩌지. 이치로의 색시도 곁에 있으려나? 나도 유골함 뚜껑 열고 내 며느리 감시해야지. 알았어. 너, 나 강에 흘려보내지 않아도 돼. 그냥 남편 무덤에 들어갈 거야."

"아아아. 어려운 문제구나. 하지만 그 시골의 무덤은 참 좋아. 태어난 집의 감나무가 보이고 강이 흐르고, 양지바른 곳에서 매일 새로 꽂아주는 금잔화랑 도라지꽃 볼 수 있고. 아무데도 얽매임 없이 산 보고 강 보고, 날아온 풍뎅이 소리 들는 사이에 뼈는 조용히 녹아 없어지고, 그래도 산은 여전히 있고 강물은 흐르고."

한 번 더 그려줄게. 여기 이런 식으로 집이 있고 이곳에 곳간이 있고 그 옆에 소나무가 있고, 이쪽에는 계단밭, 쭈-욱이야.

02

♦♦♦
어떤 여자

* * * * *

해변에 있는 커피하우스에 들어갔다. 창밖으로는 온통 바다다. 홀에는 살짝 멋을 부린 등나무 의자와 유리 테이블. 해가 지고 있는 해변에는 겨울이라서 아무도 없다.

의자에 턱하니 앉아서, 마치코 씨는,

"아─ 멋있어라. 으응, 잠깐 나 좀 봐봐. 여기는 애인이랑 올 곳이네. 안 그래? 그렇게 생각 안 해?" 하고 온 가게 안에 울려 퍼지게, 그것도 그릉그릉거리는 목소리로 말한다. 그렇게 생각 안 해라고 나한테 물어봤자 나는 아이 딸린 몸이다. 아들은 바다를 조용히 바라만 보고 있지 않는다. 자리에 앉혀두는 것만으로도 큰일이다.

"흥, 애인이 있었으면 마치코 씨도 나랑 여기 안 올 거면서."

"그런 말 하지 마. 하지만 절대로 여기는 애인이랑 와야 해. 정말 로맨틱하지 않아? 해지는 바다를 둘이서 조용히 바라보면서 말이야."

나야 아이와 당신만 없으면 충분히 로맨틱하지.

마치코 씨는 메뉴를 보며 마실 것을 결정하는 데 5분이 넘게 걸렸다. 도중에 웨이터는 불끈 화가 난 표정을 하고 안으로 들어가 버렸다. 나는 조마조마하다. 뭐든 상관없잖아. 빨리 정하라고. 마치코 씨는 쿵쾅쿵쾅 웨이터가 있는 데까지 걸어가서, "홍차, 홍차, 홍차로 할게요" 하고 말했다. 앉아서 못 기다려? 그리고 또 턱하니 의자에 앉아서, "아 - 해가 지네. 로맨틱해. 애인이랑 와야 해. 그렇게 생각 안 해?" 잠자코 있을쏘냐.

"나? 나는 여행은 혼자서 하고 싶어."

"왜? 외롭잖아."

"여행하면서 외롭지 않으면 돈 내서 여행한 보람이 없어."

"별나네. 아 - 어디 남자 없을라나?"

"나는 매달리는 남자를 뿌리치고서라도 혼자서 여행할 거야." "매달리는 남자라니, 얘를 보고 하는 말?" 마치코는 과일 파르페를 후벼 파고 있는 여덟 살 아들을 가리키며 껄껄껄 하고 큰 입을 벌리고 웃는다. 당신, 틀니가 보인다고. 남자 앞에서 큰 입을 벌리고 웃기 때문에 남자가 안 생기는 거야.

커다란 태양이 바다를 불태우듯이 물들이더니, "하아-" 하고 숨을 토할 새도 없이 돌연 텀벙하고 저편으로 떨어졌다.

마치코 씨는 웨이터가 가져온 홍차를 두 번이나 물리고 다시 가져오게 했다. 첫 번째는 미지근하다고 했고, 두 번째는 양이 너무 적다고 했다. 세 번째 온 홍차는 컵 가장자리까지 넘실대서 접시에 흘러넘쳤다.

"마치코 씨랑 같이 있으면서 로맨틱해질 수 있는 남자가 있을라나."

"아니 어째서?"

아- 정말로 여행은 혼자서 하고 싶다.

누구와 함께 바라본들 태양과 바다는 매일 말없이 같은 일을 반복한다.

껙껙껙 틀니를 보이며 웃는 마치코 씨에게 드디어 애인이 생겼다.

"어떻게 생각해? 나, 기요시랑 가나자와로 여행 갔었어."

"뭐어? 로맨틱했어?"

"로맨틱은 개뿔. 기차 안에서 기요시가 또박또박 뭔가를 좀 이에 쓰는 거야. 뭔가 했더니 여행에 든 비용을 하나하나 기입해서 표로 만들고 있더라고. 택시 요금 470엔 같은 것도 썼어. 나는 택시비가 얼만지 다 잊어버렸는데 말이야. 그리고 콜라 50엔이란 것도 있었어. 뭐야 이게? 하고 물었더니 캔에 든 콜라를 둘이서 반씩 나눠 마셨대. 마지막에 합계가 있고, 그 아래에 10% 할인, 30% 할인, 50% 할인이라고 써놓고는 어느 것을 고르겠냐는 거야. 정말 놀랐어."

"어느 걸 골랐는데?"

"물론, 50% 할인이지. 하지만 그런 건 남자가 내야 하는 거 아냐?"

"처음부터 더치페이였다고 생각하면 되지."

"글쎄, 너무하잖아. 너무 안 로맨틱하잖아."

로맨틱이라. 잘 때 틀니는 어떻게 했니, 마치코.

마치코 씨는 겨울에 북유럽 투어를 가겠다고 한다.

"싸, 겨울이니까. 5월이 좋지만 비싸. 이 추위에 북유럽에 가는 거 어떻게 생각해? 관두는 게 좋을까?"

"나는 추운 곳에는 추울 때 가는 게 좋다고 생각해. 더운 곳에는 더울 때."

"너도 참 별종이네."

"혼자 가?"

"응. 글쎄, 기요시는 바쁜걸. 깃발 따라다니는 단체여행이
야. 짜증 나. 서비스로 햄릿의 성을 보여준다고 하지만, 그런
성은 로맨틱하지 않아."

"어머, 좋을 거 같은데? 돌투성이 어두운 성의 성루에 서면
황량하고 거친 바다가 보일 거야. 거기 서 있으면 햄릿 아버
지의 망령이 나올지도."

"싫어 싫어, 정말. 나는 성은 하늘하늘 화사한 것이 소녀 만
화에 나오는 그런 성 같아야 해. 정말 어떡하지?"

"갔다 와."

마치코 씨 안 갈지도 모르겠네. 그래도 가면 좋을 텐데.

"아-아-아- 로맨틱했어. 네 말대로 정말 추운 곳에는 추
울 때 가야 해. 코펜하겐의 오래된 거리에는 눈이 내리고 창
문에는 크리스마스트리의 불빛이 어느 집에나 켜져 있고, 조
용하고."

그 조용하고 로맨틱하고 오래된 거리를, 마치코 씨는 분명
큰 소리로 요란하게 떠들어대면서 걸었을 것이다. "로맨틱해"
라고 소리 지르며 걸었을 것이다. 내 눈으로 직접 본 것은 아
니지만 분명 그랬을 거라는 생각이 든다,

"거기는 연인과 같이 가야 해. 어디에서든 계속 '기요시가 같이 왔더라면' 하고 생각했어."

생각만 한 게 아니겠지. 큰 입을 벌리고 외쳤겠지. 그랬을 것이 분명하다.

"그곳을 둘이서 걷는 거야."

"이번에는 몇 퍼센트 할인이려나."

"이제 슬슬 100퍼센트가 될 거야. 80퍼센트에 당도하는 데 5년 걸렸으니까."

* * * * *

처음 보는 여자가 친구 부부를 뒤따라 우리 집 현관으로 들어왔다.

들어오기 전에 친구 부부의 뒤에서, 그 여자는 엄청나게 큰 우산을 빙빙 휘두르며 외쳤다.

"봐요, 이 우산, 디오르야. 디오르 우산이야." 내가 놀란 건 아직 시장에 나돌지 않던 디오르 우산 때문이 아니었다. 본 적도 없는 여자가 우산을 휘두르면서 집 안으로 쿵쾅쿵쾅 들어왔기 때문이다.

우산이 정말 크다고 생각한 것은, 여자가 정말 작았기 때문이다.

"글쎄 어제 처음 서로 알게 된 사람인데, 마침 집에서 나오는데 찾아온 거야." 친구는 난처한 듯이 나에게 말했다. 여자는 집 안에서도 우산을 놓지 않고 "오늘 샀어요. 이건 누군가에게 보여줘야지, 봐요, 봐요, 디오르야"

하고 주위의 상황을 일체 무시하고, 그릉그릉하는 목소리로 외쳤다.

그 여자는 그날 우리 집에서 자고 갔다.

그 뒤로 거의 매주 토요일이면, 그 여자는 배낭 안에 칫솔과 잠옷을 챙겨서는 안녕이라는 말도 하지 않고 우리 집 다이닝 키친으로 불쑥 들어와 일요일 밤까지 있다가 갔다.

디오르 우산으로부터 거의 10년의 세월이 흘렀다. 10년의 세월이 흘렀건만 아무도 그녀의 나이를 모른다.

"기요시가 2개월 동안 미국에 가 있을 거야. 선물은 티파니의 액세서리나 구치 핸드백이 좋아요 했어. 있지, 있지, 어떻게 생각해? 사올까?"

"몰라. 하지만 네가 명품에 환장하는 모습을 보면 불쾌해."

"어머, 왜? 그게 뭐 어때서? 어쨌든, 그러고는 편지를 보내요, 매일 보내줘요 했더니, 화를 내는 거야. 난 놀러가는 게 아니에요, 낮에는 회의에 밤에는 리셉션, 1분도 여유가 없어요,

하고 말이야. 로맨틱한 구석이 없어. 그럼 러브콜을 해줘요 했더니, 얼굴을 붉히고 땀을 흘리며 고함치는 거야. 전화요금 이 1분에 얼만지 아느냐고. 정말 구두쇠야. 헤어져야 할까?"

몰라.

미국에 2개월 있는 동안 딱 한 번 편지가 왔다. 그 편지를 루이비통 봉지에서 꺼내서, 마치코는 "너, 이거 어떻게 생각 해? 전혀 러브레터가 아니야. 이게 말이 된다고 생각해?" 하 고 나에게 쑥 내밀면서, "봐봐, 아스토리아 호텔, 아스토리아 호텔이야" 했다. 과연 아스토리아 호텔이구나.

'지금, 호텔에 돌아왔다. 팬티와 양말을 이제 막 빨았다. 내 일까지 말려야 하므로 목욕수건으로 두르고 잘 두드려 물기 를 없앴다. 그리고 창가 에어컨 옆에, 테이프와 클립을 사용 하여 간신히 널었다. 미국의 식사에는 질렸다. 시모다카이도 의 가마메시*가 그립다. 미국의 덩치 큰 여자들에게도 질렸 다. 털구멍과 주근깨가 드러난 거대한 등을 볼 때마다 어쩔 수 없이 식생활과 문화의 차이를 인식하게 된다. 전혀 식욕이 나지 않는다. 오늘은 미국인 3백 명 앞에서 영어로 〈일본 경

---

* 새우·닭고기·채소 등을 섞어 1인분씩 작은 솥에 밥을 지어 그대로 차려 내는 밥.

제의 전망〉이라는 연설을 해야 했던 탓에 얼마간 그로기 상태. 호텔 침대가 몹시 넓게 느껴진다. 혼자서 자는 것은 재미없다. 구급차 사이렌이 멀리서 들려온다. 이제 여행은 지긋지긋하다. 선물을 기대하며 기다려주길.'

"제법 기분 좋은 편지네."

"어디가? 사랑한다는 말은 어디에도 쓰여 있지 않은데? 왜 호텔에서 팬티 빤 얘기를 쓰는 거야, 안 로맨틱해."

"그래도 기요시가 목욕수건 사이에 팬티를 끼우고 탁탁 두드리는 모습이 눈에 보이는 거 같잖아. 테이프랑 클립으로 팬티를 말리는 모습도 눈에 선하고. 건강하고 리얼한 자신을 수수하게 잘 전달하는 편지야."

"그런 거 아무래도 좋아. 사랑한다고 써주길 바란다고."

"아―아― 쓰여 있잖아. 시모다카이도의 가마메시가 그립다고. 둘이서 노상 그 집 연어 가마메시 먹었잖아."

"그게 어째서 사랑한다는 게 되냐고."

"너 바보 아냐? 시모다카이도를 떠올리고, 함께 밥 먹은 당신이 그립다고 하는 거잖아."

"하지만 어째서 사랑한다고 한마디도 쓰지 않는 거야."

"바람도 안 피운다고 딱 써놨구만."

"어디다?"

"봐, 미국 여자는 질린다고."

"그거 쓰는 동안에 사랑한다고 한마디 쓰면 되잖아."

"호텔 침대가 넓다고 느낀다는구만. 뭐 이거면 완벽한 결론 아냐?"

"어째서? 넓든 안 넓든, 침대 폭은 정해져 있다고."

"이제 여행은 지긋지긋하다고, 빨리 돌아가고 싶다고 말하고 있잖아."

"그런 소리 주절주절 쓸 공간에 왜 사랑한다고 못 쓰냐고."

"어떤 편지를 원하는데?"

"사랑스러운 마치코에게, 사랑해, 사랑해, 라고 빽빽이 쓰여 있는 편지."

나는 아스토리아 호텔 편지지 위에 쓰여 있는 제법 정취 있는 글씨를 바라봤다.

"잠깐 좀 봐봐, 여기 봤어?"

아스토리아 호텔 마크 위에 반원형으로 마치코, 마치코라고 작은 글씨가 빽빽이 둘러싸여 있다.

"봤어, 내 이름이야. 그 이름 대신에 왜, 사랑한다고 쓰지 않는 거냐고. 로맨틱하지 않아. 편지만이 아니야. 내가 나 사랑해? 라고 물으면 털을 곤두세우고 화를 내. 나는 사랑하지 않습니다. 사랑한다고 입에 발린 말 하는 남자는 거짓말쟁이래.

사랑하지 않습니다, 사랑하지 않습니다, 하고 연호하는 거야. 입이 썩어문드러져도 사랑해라고는 말 안 할 거야- 하고 고함치는 거야. 그 작자는 인색해, 돈에 인색한 작자는 마음도 인색해. 인색하니까 사랑한다고 말하지 않는 거야. 나에게 마음을 주는 게 아까운 거야. 그러니까 편지에도 안 쓰는 거지."

"훌륭한 러브레터라고 생각하는데."

아침 7시에 전화가 걸려왔다.

"너, 이거 어떻게 생각해? 선물이 뭐였을 거 같아?"

"티파니인가요?"

"호텔 비누 서른 개, 달랑 그거야. 청결한 여행의 추억을 당신에게 드리고 싶대."

기요시 군, 제법인데.

＊＊＊＊＊

마치코는 미국 회사에 다닌다.

"너, 영어 가르쳐줄래?" "좋아" 우리 집의 지저분한 3평짜리 방에 나는 친구를 한 명 더 불러서, "디스 이즈 어 펜"을 시작했다. "안 돼, 다시." "아아아- 한 번 더" 하고 마치코는 제법 엄격하다.

"미스 오가타? 하우 올드 아 유?" "아임 서티포-. 앤드 하우 올드 아 유?" 돌연 마치코는 탕 하고 책상을 치고, "돈트 애스크 미" 하고 고함을 내질렀다.

그리고 화장실로 뛰어 들어갔다.

"와아, 대단하다. 깜박 하고 말할 만도 한데, 절대로 자기 나이 말 안 하네."

세 번 정도 했을까. 친구는 "나 그만둘래" 했다. 내가 뭔가 질문했을 때 마치코가 "미국인은 그런 생각 안 해" 하고 고함쳤기 때문이다. "우리는 일본인인걸. 그런 거 생각하지, 암." 그리고 후룩후룩 밥을 먹고, 시시한 잡담으로 흘러가 버렸다. 그 이후로 더 이상은 영어 공부를 하지 않았다.

그 무렵 마치코의 잡담 주제는, 그걸 할 때 어떤 느낌인가 하는 거였는데, 정말 그걸 집요하게 추궁했다. 왜냐하면 미스 오가타는 일본 여자의 성에 관해 대가였기 때문이다.

"그거야아, 남자가 나쁜 거예요."

"그치, 그럴 줄 알았어. 고로 씨는 내가 조금만 만져도, 그만 둬, 그런 천한 짓을, 하면서 굉장히 화를 냈어."

"그건 말도 안 돼요."

"분해라. 뭐가 분한가 하면, 17년 동안이나 세상에서 그런 걸 하는 사람은 없을 거라고 생각하며 살았다는 거야. 천한 사람만이 그런 걸 하는 줄 알았어. 어렴풋이 이거 좀 이상한데 하고 생각하기 시작했지. 당신들은 그런 징그러운 짓을 했었구나."

"우물, 우물, 우물."

"중얼, 중얼, 중얼."

"그래서, 그렇게 하면 어떤데?"

"그야, 당연히 그렇지 않나?"

"그러니까 어떠냐고? 실신해버리고 그래?"

"당연하지. 팍팍 실신해."

"몇 시간쯤?"

"몇 시간? 으응 글쎄, 두 시간일 때도 있고 다섯 시간일 때도 있고 여러 가지지."

"실신했을 때는 꿈속에서 헤매?"

"당연하지, 특별한 꿈이야. 있지, 그때 꾸는 꿈은 뭐라고 할까. 완전히 이 세상이 아닌 곳을 떠돈다는 감각. 그런데 그때뿐이지. 그치? 정말 그렇지?"

"그래, 맞아. 신의 눈으로 이 세상을 본다고 할까. 신이 우리가 모르는 곳으로 데려가 준다고나 할까. 우주 유영 따위 아무것도 아니란 느낌이야."

"아 - 분해라. 저기 말이야 어디 남자 없나?"

"어허 왜 이러시나. 아무 남자랑 하면 다 좋다 뭐 이런 게 아니야. 좋은 파트너랑 좋은 관계를 갖는다는 게 전제야."

내 친구 성의 대가는 페미니스트니까 가와카미 소쿤* 선생 같이 여자의 기관에 대해 깊은 천착을 하지는 않는다. 되레 깊은 지식에 대한 환상을 깨려고 싸우고 있지요. 하지만 마치코는 '좋은 파트너' '좋은 관계' 등의 감질 나는 해법을 운운할 여유 같은 건 없는 모양이다.

"요전번에 뭐라더라 하는 책에 나와 있었는데, 어디어디에 의사선생님이 있대. 그 치료는 절대로 비밀인데, 그 선생님이 그걸 한대. 그러면 그 어떤 환자라도 고맙습니다 하고 울며 감사한대. 하지만 치료니까 한 번밖에 안 해. 나 거기 갔다 올까 생각 중인데, 어떻게 생각해?"

여성의 성에 관한 권위자는 입이 벌어진 채 분노로 파래졌지만, 나는 마치코라면 할 법하다고 생각한다. 할 법하다는 점이 마치코의 탁월한 인격이다.

"저 사람 절망적이에요, 섹스 이전에 인간으로서의 질의 문제라고요. 남편이 17년이나 곁에 붙어 있었던 것이 신기할 정도예요."

---

* 일본 관능소설의 대가.

222

"그래도 솔직하잖아."

"솔직하면 된다가 아니라고요."

"아니, 솔직하면 된다고 난 생각해. 당신이 나쁜 사람이네. 실신 다섯 시간이니 뭐니 한 게 당신이잖아. 저 사람 곧이들 어버렸어."

"설마."

"아니 곧이들었어."

곧이듣는다는 점이 마치코의 탁월한 솔직함이다.

신은 마치코를 버리지 않았다. 교양, 지성, 사회적 지위, 감성 나무랄 데 없는 남자가 마치코의 연인이 됐다.

"그 사람, 이상해."

"왜?"

"오면 바로 날 만지고 싶어 해."

"당연하지."

"어라- 모두 그래?"

"당연하지요."

"글쎄, 마치 그것만을 위해서 오는 것 같다고."

"좋잖아. 고마운 일이야."

"나는 좀 더 로맨틱하게 하고 싶은데."

"예를 들면?"

"음악을 황홀하게 듣는다든가."

"음악을 황홀하게 들으면 만지고 싶어질 텐데."

"징그럽잖아."

"글쎄, 징그러운 짓을 하고 싶어서 연인을 만드는 거 아닌 가?"

"그렇지만, 영화 같지 않은걸."

"너도 카트린 드뇌브는 아니잖아."

"뭐, 그건 그렇지만, 아하하하…… 그러고는 말이야, 나 알 잖아. 계속 척을 하잖아. 그런데 척하는 거 피곤하거든. 도대 체 어디서 그만해야 좋을지 모르겠어."

"기요시가 눈치 못 채?"

"전혀. 훌륭하대."

이 세상은 무서운 곳이구나.

"그런데 말이지, 나 요전번에 우주여행 했어."

"와아, 드디어?"

믿는다는 것은 좋은 일이다.

"좀 들어봐. 요전번에 밥 먹는데, 먹으면서 질척대는 거야. 난 싫어요 했어. 왜? 하고 묻기에, 가끔은 어디 멋있는 곳에 여행 가서, 멋진 호텔에서 로맨틱해지고 싶다고 했어. 그랬더니 그럼 그럽시다. 눈을 감고, 당신도 다른 사람이 되어 봐요. 당신이 아니에요. 나도 다른 사람입니다. 어때요? 로맨틱하지요? 호텔 같이 쩨쩨한 곳은 그만둡시다. 훨씬 딜럭스하게 우주여행을 합시다, 라는 거야. 그러니까 우주여행 한 거지."

"그래서 신의 눈으로 이 세상을 봤어?"

"보긴 뭘 봐. 우리 집 침대 위에서 장롱밖에 안 보였어. 나 아직 실신 흉내는 못 내."

"노력해봐. 이제 얼마 안 남았어. 좋은 파트너랑 좋은 관계는 계속되고 있는 거니까."

나도 성의 대가연하며 말한다. 그 마치코의 탁월한 솔직함을 갖고서도 잠자리에서만큼은 척을 초월할 수 없는 건가. 그러나 남자가 로켓을 날리는 것은 맨손으로 우주여행을 못하는 콤플렉스에서 기인한 건지도 모르겠네. 힘내라, 마치코.

* * * * *

사흘 정도 여행을 가게 돼서 마치코에게 아이를 돌봐달라고 부탁했다. "아– 아– 아– 알았어. 맡겨둬." 마치코는 참으로 쉽게 그러마고 했다. "정말 괜찮겠어? 잘 안 일어나서 깨우는 거 힘들어." "괜찮아, 괜찮아." 마치코는 아무렇지도 않다. 불안감이 스쳐간다. 마치쿠가 "얘, 켄, 날씨가 좋네. 으응 넌 어떻게 생각하니? 이렇게 날씨가 좋은데 학교 가는 거 바보 같지 않니? 나도 회사 가는 거 바보 같아. 우리, 같이 쉬어버리자" 할지도 모른다. 뭐 어쩔 수 없지. 내가 모르는 곳에서는 무슨 일이 일어난들 불평하지 않으리라. "만약 밥 짓는 거 힘들면, 둘이서 밖에서 사먹어도 돼. 편할 대로 해." "어, 정말? 예산은 얼만데? 화려하게 때려 먹어도 될까나." "이 봉투 속에 돈 넣어둘게, 사흘치. 좋을 대로 해. 무슨 일 있을 때를 대비해서 예비로 더 넣어둘 테니까." "알았어, 알았어."

　나는 설마 열세 살의 까다로운 아들이, 함께 전철을 타고 어디론가 밥 먹으러 가자는 마치코의 제안에 동의할 일은 없을 거라고 생각했다. 마치코는 전철을 타자마자 좌석 정리를 시작한다. 빈틈이 있는 좌석을 "조금만 더 좁혀주세요. 좁혀주세요" 해놓고 서 있는 사람을 데려와 앉힌다. "자리가 어정쩡하게 빈 게 보이면 도무지 안정이 안 돼." 나는 동행이 아닌 척한다. 좋은 남자가 있으면 회사 가는 길이라도 도중에 내려 뒤를 따라가서 "회사 어딘지 알아냈어" 하기도 한다.

　뭐 괜찮겠지. 가장 걱정인 것은 백화점 세일이다. 세일하는 날이 되면 그날의 약속 같은 건 다 잊어버리는 것이다. 3일 연속 세일이라도 있으면, 다마의 산속에 홀로 있을 켄 따위는 마치코의 머릿속에 들어갈 자리가 없을 것이다. 자식 가진 어

머니는 이래저래 여행을 해도 마음이 편치 않다. 하지만 어쩔
수 없다.

"그럼, 부탁해" "알았어, 알았어."

나는 마음이 들썽들썽한 여행에서 돌아왔다.

"어땠어? 무사했어?" 하고 물은 건 나다.

"글쎄, 나 참 창피해서."

"왜? 애가 무슨 일 저질렀어?"

"아니, 아냐. 저지른 건 나야. 첫날 다마카와 다카시마야에
서 둘이서 만나기로 약속을 했어. 5층에서 만나서 뭘 먹을까
여기 왔다 저기 갔다 굉장치도 않았어."

"그 애가 원래 뭘 빨리 정하질 못해."

"아냐, 못 정한 건 나야."

"그래서 애가 화냈어?"

"전혀. 잠자코 따라와서, 마치코 아줌마가 좋아하는 걸로
해요 하는 거야. 난 남자한테 그런 말 들어본 적 없거든. 그래
서 흥분해서 말이야, 두 바퀴, 세 바퀴나 돌아버렸어. 최종적
으로 'xx'에서 쇼카도 도시락*을 먹기로 했어."

---

* 열십자로 칸을 막은 사각형의 용기에 음식을 담아 넣은 도시락.

나는 열세 살 아들에게 감탄한다. 나는 마치코 씨랑 외식을 할 때면 늘 도중에 고함을 친다. "이제 좀 그만 들어가자. 내가 낼 테니까, 내가 결정할게." "히히히, 미안" 하는 패턴이다.

"그 쇼카도 도시락이 있지, 밥에 은행이 들어 있었어. 쇼윈도 견본엔 말이야. 그런데 나온 건 차조기 밥이었어. 그래서 점장을 불렀어."

아— 눈에 선하게 보인다. 내가 남의 눈에 띄는 행동을 하면 굉장한 눈초리로 노려보는 열세 살 아들은 어떤 마음으로 그걸 견뎠을까. 가슴이 아프다.

"그랬더니, 그건 계절 재료인데 지금은 은행이 없어서 차조기로 했다는 거야. 그렇다면 그런 내용을 잘 써놔야 하잖아. 간판에 허위 사실 있음이라고."

"그래서 어떻게 했는데?"

"미처 살피지 못했습니다, 하고는 특별 디저트로 셔벗을 서비스해줬어. 그리고 말이지, 셔벗 먹으면서 켄한테 말했어. 내 말이 옳다고 생각 안 하니? 라고. 그랬더니 켄이 '마치코 아줌마, 견본하고 내용물이 다른 건 자주 있는 일이에요. 음식만 그런 게 아니고요' 하더라고. 나, 열세 살 남자한테 깨우침을 얻고 흐믈흐믈 녹아버렸어. 아— 켄, 남자다워. 그리고 말이지, 그다음에 이튿날 먹을 반찬을 사러 아래 메이지야에 갔어. 너도 알지? 난 이것저것 다 사는 사람이라는 거. 켄이 잠자코 따라와 주는데, 꼭 아버지 같이 느긋하더라고. 내가 ××집 연어 어분魚粉을 살까 말까 굉장히 망설이고(아- 얼마나 망설였을지 정신이 아찔해진다) 있었더니, '마치코 아줌마, 먹고 싶잖아요. 사요' 하는 거야. '사요' 아- 나 항상 꿈꿨거든, 남자가 나에게 '사요'라고 말해주는 걸 말이야. '사요', 아- '사요.'"

"그래에? 제법이네, 켄도"

"그러고 나서 또 굉장치도 않았어."

"누가?"

"나지 누구겠어. 둘이서 의논했어, 짐이 있으니까 까짓 거 확 택시 탈까 하고. '좋아요' 이러는 거야. '좋아요.'"

"그리고?"

"나는 말이지, 택시는 개인택시밖에 안 타."

"왜?"

"글쎄, 개인택시 쪽이 신사적이거든."

"그래서?"

"그래서 내가 그 큰길을 저쪽으로 달려갔다 이쪽으로 달려왔다 하면서 개인택시를 찾았어. 러시아워라서 개인택시가 한 대도 없는 거야."

"켄은 어떻게 했어?"

"커다란 쇼핑백을 양손에 들고, 나를 따라왔어. 개인택시는 20분이 지나도 안 오는 거야. 그래서 켄한테 '보통 택시라도 괜찮을까?' 하고 물었더니, '나는 처음부터 보통이라도 괜찮았는데' 하는 거야. 그러더니 켄이 바로 보통 택시를 세우러 갔어. 그 운전수 굉장히 좋은 사람이었어. 나는 그야말로 뛰어다니느라 지쳐서 축 늘어져 있는데, 켄이 '마치코 아줌마, 보통 택시도 좋은 사람 있잖아요' 그러는 거야. 거 참, 나 정말, 열세 살 남자한테 계속 깨우침을 받았어. 켄 좋은 남자야."

오- 그래, 그래.

"너, 걔, 굉장히 좋은 남자가 될 거야."

오- 그래, 그래.

"있지, 걔, 어떤 여자랑 눈이 맞을까. 그 여자한테도 '사요'라고 할라나. 으응, 말할라나. 또, 켄이랑 데이트하고 싶어."

"아- 수고 많았네" 하고 나는 마치코한테는 입으로 말하고, 아들에게는 마음속으로 말했다.

마치코가 떠나고 아들에게 물었다.

"너 레스토랑에서 창피했니?"

"처음부터 알고 있었어. 그래도 슈퍼에선 난처했어. 아이랑 똑같아. 금방 어디론가 가버려. 찾느라고 힘들었어."

너, 정말로 좋은 남자야. 오- 그래, 그래.

아침 6시 반에 모르는 남자로부터 전화가 걸려왔다.

"야마모토 마치코 씨를 아십니까?"

이른 아침부터 뭐냐. 기분 나쁘기도 하고 화도 난다. "아는데요." "여기는 세타가야 xx병원인데요, 야마모토 씨가 입원하셨습니다. 바로 와주세요." "무슨 일인가요? 다쳤나요? 어떤 상탠가요?" "다친 건 아닙니다. 오늘 아침에 구급차에 실려 오셔서 지금 검사 중입니다. 야마모토 씨가 바로 와달라고 하네요. 바로 와주세요."

나는 깜짝 놀라서 서둘러 가면서, 이럴 때는 가족이 가야 하는 거 아닌가. 언니도 여동생도 도쿄에 사는 걸로 아는데. 그러나 마치코는 세상 일반의 관례나 상식 밖으로 튀어나가 있는 사람이므로 어쩔 수 없다. 나는 세타가야 xx병원을 향해 가면서, 혹시나 하는 불안에 휩싸이면서도, 아니야, 꾀병일 거야 하고 몇 십 퍼센트쯤은 의심하는 마음을 품었다. 여하튼 마치코는 병에 걸리면 불이 붙은 쥐처럼 미쳐 날뛰니까.

몇 년 전, 마치코는 다리뼈가 부러져서 입원했다. 문병을 가니 마치코는 한쪽 다리를 천장에 매달고 있었는데, 조금도 풀죽은 병자의 안색이 아니었다.

"이거, 다리를 좀 더 위로 매달아야 중한 병으로 보일 거 같지 않아? 이래 가지고는 집 안 계단에서 구른 사람하고 구별이 안 되잖아. 눈에 더 띄게 해주면 좋겠는데."

"어떻게 된 거야?"

"3미터 절벽에서 떨어졌어. 절벽이라고, 절벽."

"어쩌다?"

"사진 찍고 있었어, 여행 중에."

"그래서?"

"사진 찍었다고. 카메라 안에 다 들어오지 않아서 조금씩 뒤로 물러섰는데 그만 절벽이었어. 그런데 떨어지는 와중에 뭘 생각했는지 알아?"

"몰라, 떨어져 본 적 없어서."

"앗, 이제 나도 목발 짚을 수 있겠네. 평생의 소원이 이루어졌어. 아무 데도 안 다치면 안 되는데, 하고 생각한 순간 나는 잽싸게 공중에서 무릎을 꿇었어. 왠지 무릎 꿇으면 다리가 부러질 것 같았거든. 그리고 정신을 차리고 보니 풀썩 하고 흙 위에 앉아 있었어. 그러고 나서 내가 평소 원하던 것, 글쎄 주위의 이목을 끌었지 뭐야. 구급차가 앵앵거리고 왔거든. 난 시골 병원 같은 데 입원하는 거 싫어서 도쿄로 가겠다고 고집을 부렸어. 그러고는 들것에 실렸는데, 어찌됐건 들것이니까 사람들이 쓰윽 길을 비켜주면서, 나를 바라보고 내 얘기를 하는 거야. 수군수군 수근수근. 기분 좋았어. 그러고 나서 멋진 오빠 둘이 나를 번쩍 들어 기차에 태웠지, 힛힛힛."

적당히 좀 해라.

"아프지 않았어?"

"이상하게도 전혀 안 아픈 거야. 하지만 내가 누구야. 사람들 눈에 띄고 싶어 하는 사람이잖아. 그래서 으-음 으-음 하고 끙끙거렸는데, 그것도 오래 하니까 못하겠더라."

마치코는 남편을 턱으로 부려먹고, 의사가 어떠니 간호사가 어떠니, 전깃불이 어둡다, 식사가 맛없다, 하며 끝없이 불평을 늘어놓더니 사흘째 되는 날 억지로 다른 병원으로 옮겼다. 나는 더 이상 병문안 가지 않았다. 그러자 어느 날 밤, 갑자기 목발을 한 마치코가 현관에 나타났다.

"어쩐 일이야, 퇴원했어?"

"아니, 외출이야."

"어머, 그렇게 좋아졌어?"

"아니. 실은 창문으로 뛰어내려서 왔어. 내일 아침까지 돌아가면 몰라. 이번이 벌써 네 번짼데, 한 번도 들통 나지 않았어."

마치코의 남편이 홀연히 사라진 것은 그로부터 얼마 안 되어서였다.

배가 아프면 마치코는 위장과 관련하여 최고로 권위 있는 의사를 찾아내서 마구 전화를 걸어댄다. 누군가에 의해 소개를 받는다든가 하는 답답한 절차는 밟지 않는다. 서점 서가에서 빼낸 책의 마지막 페이지에서 직접 조사해서 자기가 전화를 건다. 그 의사에게 진료를 받는 중에 다른 책을 찾아내면 또 다른 의사를 향해서 돌진한다. 이런 일을 계속하고 있는 사이에 몸은 나아버린다.

정신분석 의사에게 진료를 받은 적도 있다. 그 의사가 쓴 책을 읽고 깊이 탄복했다는 것이다.

"뭘 분석해주는데?"

"그걸 모르겠어. 가면 어쨌든 릴랙스하는 것부터 시작합시다, 릴랙스하지 않으면 서로 간에 신뢰관계가 맺어지지 않습니다, 그리고 뭐든 솔직하게 술술 얘기할 수 있게 되면 핵심에 천천히 다가갑시다, 라고 하는 거야. 지금 머릿속에 있는, 마음 쓰이는 것이 있으면 그게 뭐든, 아무리 하찮은 것이라도 다 이야기하세요, 라고 하는데, 난 실은 그때 그걸로 머리가 가득 차서 다른 건 생각할 수 없을 정도로 걱정되는 게 있었거든."

"그게 뭐였는데?"

"치료비에 관한 거였어. 1시간에 4천 엔부터 7천 엔이라고 했거든. 4천 엔으로 할까, 7천 엔으로 할까, 실은 4천 엔으로 하고 싶은 거야. 그걸로 머리가 가득 차서 쭈욱 입을 다물고 있었어. 그랬더니 의사가 처음에는 누구라도 그래요, 그래. 다른 사람도 나처럼 4천 엔과 7천 엔을 놓고 망설여서 그런 걸까?"

"그 얘기를 하지 그랬어."

"어머 하지만 나한테도 우아하게 보이고 싶은 마음이 있다고."

아 그래, 넌, 바로 그런 마음을 분석해달라고 해야 하는 건데, 하고 나는 생각한다. 여하튼 마치코는 핸드백에 현금을 몇 백만 엔이나 갖고 다닌다. 절대로 은행에 저축하지 않는다. 한번 만져보자고 한 적이 있는데 봉투 안에는 1만 엔짜리 지폐가 2센티미터보다 더 두껍게 들어 있었다. 한시도 돈을 몸에서 떼어놓지 않는다. 아무리 험악한 싸움을 했어도 "밥 사줄게"라는 한마디로 단번에 꼴깍 화해할 수 있다. 나는 마치코의 그런 모습 뒤에 뭔가 깊고 깊은 억압된 것이 있을지 모른다는 생각이 들었지만, 마치코는 한 번 가 보고는 정신분석을 그만둬버렸다.

그러고 나서는 지금까지도 일본 최고의 명의를 찾아 방랑하기를 계속하고 있다. 눈곱이 끼면 안과, 재채기가 나면 이

비인후과, 한곳에 절대 머물지 않는다. 마치코의 의사 순례를 보고 있자면 세계를 방랑하는 여행객을 보는 것 같다.

병원에 도착하니 마치코는 작고 어두운 병실에 있었다.

"눈이 빙글빙글 도는 거야. 그런데 이 병원 안 돼, 최악이야. 네가 요전번에 입원했던 초후에 있는 병원으로 옮기고 싶어."

"알았어. 지금 전화하고 올게."

나는 전화를 걸고 절차를 마치고 마치코를 초후까지 데려갔다. 내가 가족으로 보였는지 의사는 나에게 "병실을 잡았으니 검사를 해서 상태를 봅시다" 하고 말했다. "잘 부탁드립니다" 하고 머리를 숙이고 대합실에 돌아왔더니, 마치코는 "나 입원 안 할 거야. 벌써 다 나았어" 했다.

이제 작작 좀 해. 나는 남편이 아니니까 이혼도 못 해. 나는 레즈비언이 아니야. 절교할 거야. 절대로 절교할 거다.

*****

나는, 자랑이라면 자랑인데, 취미 같은 건 아무것도 갖고 있지 않다. 운동 같은 거 일체 안 한다. 괜찮은 젊은이가 라켓을 휘두르며 하얀 반바지 아래로 굵은 다리를 드러내 놓고 뛰어다니고 있으면 '아까워라. 그럴 시간 있으면 그 좋은 몸에

괭이 들고 땅을 일궈. 그래서 뭐든 먹을 수 있는 것을 만들어' 하고 생각한다. 그러면서 텔레비전 야구 방송에 열광하는 사람들을 보면, '스포츠란 건 자기가 직접 해야 하는 걸 텐데요, 그냥 구경만 하고 있다니 이 무슨 게으름뱅이들인지' 하고 생각하니, 모순되기가 이보다 더할 수가 없다.

뭔가를 수집하는 사람을 보고, '이 좁은 토끼장 같은 집에 뭐 그딴 걸 모아서 발 디딜 틈도 없게 만드는 거냐' 하고 생각하는 것은 그래도 나은 편이고, 자리를 차지하지 않는 우표라든가 성냥 라벨 같은 것을 수집하여 핀셋으로 조몰락거리고 있는 것을 보면 뭔가 심리적으로 병이 있는 게 아닌가, 혹시 정상적인 성생활을 못하고 있는 게 아닌가, 하는 생각까지 든다. 수집 대상이 모피, 보석 등에 이르면 빈자貧者의 곡해가 일거에 분출한다. '불쌍하게도 겨우 진짜 에메랄드를 손에 넣었다만 정작 그것을 끼워야 할 손가락은 주름투성이가 되고 말았구나' 하는 식으로 말이지요. 내가 성질이 좀 고약한 걸까.

이런 내가 빨려 들어가는 것이 있다. 그것도 요 2, 3년 사이의 일이다. 작은 잡지를 뒤적이다가 오래되어 색이 바랜 사진 한 장이 눈에 들어왔다. 약 백 년 전 메이지 초기의 암갈색 은판사진에 할아버지와 할머니가 바싹 다가서 있다. 여든은 벌써 넘긴 대머리 틸이버지는 하얀 수염을 터부룩하니 늘어뜨리고 있고, 머리를 뒤로 빗어 넘겨 묶은 할머니는 할아버지의 어깨에 머리를 비스듬히 살짝 얹고 있다. 할머니는 순진하고 사랑스러운 소녀처럼 보였다. 그들은 평생 그렇게 사이좋게 살아 당당히 여든까지 왔구나. 나는 그 사진을 오려내어 기둥에 테이프로 붙여 놓고 하루에도 몇 번이고 그윽한 눈으로 바라본다.

그 뒤로 나는 노부부를 보면 빨려 들어간다. 전철을 타면 잘생긴 젊은 남자 같은 건 눈에도 들어오지 않는다. 할아버지 할머니가 보이면 서서히 조금씩 다가간다. 한 번에 여러 쌍을 볼 수가 없는 게 아쉬웠는데, 그러다가 여행 다니는 길에 관광명소에 들르면 이들을 듬뿍 볼 수 있다는 사실을 발견했다.

얼마 전에 마쓰시마에 갔더니 버스 한 대가 할아버지 할머니들을 토해내고 있었다. 자세히 보니 할머니 쪽이 압도적으로 많다. 할머니들은 네댓 명이 무리지어 다니는데 매우 활기차고, 동상 앞에서 예외 없이 아우성을 치면서 사진을 찍는다. 양손에 든 선물꾸러미가 터질 것만 같다. 그래도 야무지게 대지를 딛고 오리처럼 아장아장 걷는다. 할아버지는 일찍 죽어버린 건가. 아니면 "할아버지 데리고 다니는 거 거추장스러워. 할아버지는 그냥 집에 놔두는 게 최고야" 하고 신이 나서 자기들끼리 떼 지어 왔는가. 그때 그들 사이로 몸 어디라도 똑똑 부러질 듯이 마른, 다리를 약간 저는 할아버지의 손을 이끌고 작은 할머니가 조용히 그리고 천천히 걸어왔다. 내 눈은 빨려 들어간다. 둘 다 망연자실 멍한 표정이다. 할아버지는 기분이 언짢은 것 같기도 하고 할머니 역시 말이 없다. 그러나 할머니는 갓 태어난 아기를 다루는 것보다 더 조심스럽게 천천히 슬금슬금 할아버지의 손을 잡고 이끈다. 그리고 손을 잡은 채 바다가 보이는 언덕 끝에 나란히 서서 마쓰시마의 바다를 바라본다. 아무 말 없이.

에게 해를 크루즈로 관광한 적이 있다. 이브닝 혹은 칵테일드레스 착용이라고 쓰여 있는 것을 보고 혹시나 호화 여객선 타이타닉 같은 운명을 더듬어 가는 건 아닌가, 하고 가슴이 높이 뛰었다. 그런데 둘러보니 거의 모두 노부부 단체여행객이었다. 대부분이 유럽인이거나 미국인이었고 일본인 단체여행객 24명도 전부 노부부였다.

갑판에 오르니 풀 사이드에 거대한 고깃덩어리가 데굴데굴 참치처럼 굴러다니고 있었다. 할머니가 더 이상 노출이 불가능할 정도의 수영복을 입고, 어쩌면 인간들의 시선 따위 초월한 듯 당당하게 능청능청 몸을 움직이며 햇볕에 몸을 태우고 있다. 쇼킹한 핑크 수영복에 맞춰서 립스틱도 찐하게 맘껏 바르고, 목에도 손목에도 금빛 사슬을 감았다. 거대한 앞가슴에

금빛 가슴 털이 배에까지 텁수룩하게 내려와 있는 옆자리의 할아버지 손을 꼭 쥐고 쉴 새 없이 큰소리로 떠든다. 어쩌다 섞여 있는 젊은 커플은, 검푸른 에게 해를 배경으로 에로 영화에서나 나올 법하게 요란하게 노닥거리는 것이 눈요기 감이다.

그 사이로, 얼핏 눈에 들어왔다. 눈에 띄지 않는 조용한 그늘에 일본인 노부부가 복장을 제대로 갖추고 예의 바르게 앉아 있다. 그들이 노출한 것은 얼굴과 손뿐이다. 할머니는 두 손을 겹쳐서 자신의 무릎에 놓고 있다. 그리고 둘이서 나란히 바다를 바라보고 있다. 아무 말 않는다. 시종일관 무언이다. 오즈 야스지로 감독의 〈도쿄 이야기(東京物語)〉에 나오는, 히가시야마 치에코와 류 치슈*와 비슷할 정도로 두 사람 사이는 떨어져 있다.

백인 노부부를 보면 나는 감탄한다. 그러나 고요히 있으면서 아무 말 없이 바다를 보고 있는 일본인 부부를 보면 나는 나도 모르게 눈물이 나올 것 같다. 자녀는 벌써 다 컸을까, 손자는 몇 명이나 있을까, 수십 년의 세월, 여기까지 더듬어 오면서 저 할머니는 남몰래 무엇을 견뎌왔을까. 아무리 축복받

---

* 〈도쿄 이야기〉에서 노부부 역을 맡은 배우.

은 생애라고 해도, 하루에 열 번씩 너를 사랑한다고 말할 리 없는 남편의 팬티를 빨고, 수만 번은 아니라 하더라도 수도 없이 많은 밥상을 차리고, 전후의 혼란에서 살아남아, '긴쓰마'* 같은 건 머리 한쪽 구석에서도 떠올리지 않고 부지런히 매일매일 살아왔을 것이다.

일생에 한 번도 '사랑한다'란 말을 하지 않는 남편이지만 월급은 봉투째 아내에게 가져다주고, 남자는 오로지 일본 경제의 발전을 위해 몇 십 년을 잠자코 회사에 몸 바쳐 일하는 것이 마땅하다고 믿고 살아온 사람일 것이다. 그리고 이제 두 사람이 나란히 앉아 아무 말 없이 에게 해의 바람을 맞고 있다. 젊은 시절 에게 해는 저 멀리 있었으리라. 그 에게 해를 함께 넘어서 태어나기 전의 세계로 드디어 여행을 떠난다.

"으음, 메이지 시대의 남자니까요, 그야 뭐 고집스럽기가 이루 말할 수 없었지요." 식당 테이블에 모여든 할머니들은 한 사람의 이야기에 서로서로 깊이 머리를 끄덕이고, 남자들은 가슴을 조금 펴고 몸을 뒤로 젖혔다.

나는 마치코를 떠올린다. 혼자서 여행하다니 최악이야, 남자랑 둘이어야 해.

---

* 金妻. 〈금요일의 아내들에게〉라는 1980년대 일본 드라마의 약칭.

나는 생각한다. 어제 발견한 남자와 여행을 한다 한들 외국인 흉내 내기밖에 더 될까. 참기 힘든 것을 참아내고 견디기 힘든 것을 함께 견뎌내면서 50년의 평범을 쌓아올린 후, 이제 바다를 본다.

*****

금전적으로 구두쇠인 사람은 정신적으로 구두쇠라는 것이 마치코의 철학이다.

마치코는 그것을 자신의 남자로부터 배웠다.

"내가 호텔 더블 룸을 트윈 룸으로 바꿨어. 그 남자는 여행은 모두 더치페이로 하니까, 코카콜라 1병을 반씩 마시면 한 사람 50엔이라고 리스트를 만들어. 그러니까 이 경우도 트윈 룸 금액과 더블 룸 금액의 차이만큼을 더치페이로 하면 되는 거잖아. 그런데 그 남자 어땠는지 알아? 방에 들어서자마자 가방을 내던지고 창백해져서 부들부들 떨면서 뱃속에서부터 짜내듯이 비명을 내지르는 거야. '아ㅡ 왜 상의도 없이 멋대로 하는 거야. 내 예정하고 달라졌잖아. 돈이 다 떨어졌다고, 아아, 돈이 다 떨어졌어' 하는 거야. 나중에 보니까 평소 사용하는 지갑 말고 이렇게 납작한 가죽 장지갑이 하나 더 있었는데, 그 안에 1만 엔 지폐가 빼곡하게 들어 있더라고. 이 문제에 대해서 넌 어떻게 생각해?"

나는 마치코의 금전감각도 만만치 않다고 생각하고 있다. 어쩌다 현금이 없어서 "천 엔만 빌려줘"라든가 "만 엔만 빌려줘" 하기라도 하면 마치코의 얼굴은 순식간에 화석처럼 변하여 돌연 난폭하게 지갑에서 돈을 꺼내 "자" 하고 던진다. 정말로 던지는 거다. 그리고 다음번에는 "만 엔, 만 엔" 하고 아우성치며 현관으로 들어온다.

"기요시 씨는 인색한 게 아니라 합리주의라고 해야 하는 거 아냐? 이치에 맞으면 받아들일 줄 아는 구두쇠가 아닐까?"

"아니야. 아무리 생각해봐도 그 사람은 정말 구두쇠야. 내가 '나 사랑해?' 하고 물으면, '아니 절대 사랑하지 않아요, 사랑하지 않아요' 하면서 화를 내. 아니, 말하는 데 돈 들어가나? 사랑한다고 말한들 손해 볼 거 하나도 없잖아. 그러니까 마음도 구두쇠인 거야. '죽어도 사랑한다고 안 할 거야' 하고 고함치는 얼굴이랑, '아아, 돈이 없어, 이제 돈 다 떨어졌어' 하고 말할 때의 얼굴이 꼭 닮았다고."

"그래도 그 사람, 굉장히 바지런하잖아. 네 바지 길이를 줄여 준다거나, 틀어진 천 인형을 꿰매거나 세탁기를 고치기도 하고. 그런데 들이는 수고와 시간은 아끼지 않잖아. 그게 최고의 성실이란 거야."

"그건 그 인간이 구두쇠이기 때문이야. 쓸 수 있는 세탁기를 버리는 게 아까운 거라고. 그래서 필사적인 거고. 자기 것이 아니어도 버리는 건 아깝거든. 그래서 그러는 거야. 사랑이 없어진 아내라 하더라도 한번 자기 거였기 때문에 버리는 건 아깝다고 생각하는 거라고. 내 말이 맞지 않아?"

"그렇담, 너도 버림받을 일은 없겠네?"

"그러니까 더치페이로 해서 버릴 때 아깝다는 생각이 덜 들게 하려는 거 아닐까?"라고 하는 마치코도, "있지, 있지, 내가 말이지 금목걸이 사 달랬더니, 가장 가는 걸 사주더라고. 사랑이 고작 그 정도인 거야. 5천 엔짜리 금은 5천 엔짜리 사랑이야. 나는 개 목줄 정도 되는 금목걸이를 사 달라고 했다고."

"너 정말로 그렇게 말했어?" "말했어." 나는 울컥 화가 났다.

"너희들은 똑같아. 정말 불쾌해. 돈으로 마음을 재다니 최악이야. 이제 맘대로 해. 사랑이 있다 치고, 그럼 너 그 남자한테 사랑하는 만큼 밍크 팬티라도 사주긴 했어? 18금 구두라도 신겨줬어?"

"앗하하" 하고 웃어넘기려는 마치코. 그런 마치코지만 성질은 나쁘지 않지요. 비록 구두쇠이긴 하지만.

그래서 마치코는 지겨운 인연을 오래도록 이어간다.

마치코의 꿈은 남자와 해외여행을 하는 것이다.

"기요시 씨랑?"

"아니, 누구라도 좋아. 나를 위해 돈 내주는 사람이라면."

"넌 말이야, 네가 좋아하는 남자라면 그 사람 몫까지 내줄 정도의 남자다운 기질이 없기 때문에 구두쇠 남자밖에 못 잡는 거야."

"여자가 왜 남자다운 기질을 발휘해야 하는데?"

"여자는 남자다운 기질을 발휘해야 비로소 여자가 될 수 있어. 남자는 연약하게 울고서야 비로소 인간이 되는 거고."

"정말? 나는 싫어. 남자는 남자답게 턱하고 돈을 내서 나를 베네치아의 곤돌라에 태워주고, 개 목줄 정도 굵기의 금 목걸이를 사줘야 해."

하며, 좀처럼 물러서지 않는다.

그러나 지겨운 인연도 세월이 감에 따라 사람을 변화시킨다.

"있지, 이제는 기요시가 나 대신 돈 안 내도 돼. 나한테 시간만 내준다면 함께 그리스에 가고 싶어. 이제 앞으로 몇 년이나 살지 모르잖아. 내일 죽을지도 모르는 일이고. 돈 갖고 있어봤자 소용없어. 요전번에 내가, 휴가 내서 그리스에 가요, 돈은 내가 낼 테니까 했더니, 기요시가 뭐라고 했는지 알아? '돈은 걱정 안 해도 돼.' '돈은 걱정 안 해도 돼'라고 했다고. 얼마 전까지만 해도 뭐라고 했을 거 같아? '아무리 짧은 여행

245

이라도 안 데려갈 거야. 여자란 1박 여행에 데려가면 이번엔 2박, 2박하면 일주일, 그러다가 이번엔 해외여행 데리고 가달라고 할 게 분명하거든. 나는 싫어'라고 말했어. 그런데 돈은 걱정 안 해도 돼, 라니. 결국 말하게 했어. 이거 8년 걸린 거야."

"그래서 언제 가는데?"

"갈 수 있을 리 없잖아. 그 남자는 제1단계인 입으로 구두쇠 짓을 하지 않는다는 데에 도달했을 뿐이야. 그래도 진보한 거라고 생각 안 해? 요즘 이 사람이 나한테 사랑한다고 말한다니까. 훗훗훗. 다음 목표는 정말로 그리스 여행을 하는 거야, 너 알아? 상대가 구두쇠면 나도 구두쇠가 돼. 내가 확 남자다운 기질을 발휘했더니 상대도 남자다운 기질로 경쟁을 하더라고. 있지, 나랑 그 남자랑 어느 쪽이 구두쇠였다고 생각해?"

"그야, 너지."

"앗하하하, 있지, 아테네에 가면, 나 꼭 그랜드 브르타뉴에 묵고 싶어. 앞으로 몇 년이나 더 걸릴까."

*****

'여차' 할 때에 '남자'가 필요하기 때문에, '여차' 할 때를 위해 남자는 확보해 두어야 한다는 것이 마치코의 유일한 철학이며 신념이며 사상이며 결의이며 강박관념이며 알기 쉽게 말하면 입버릇이다.

나로서는 언제가 여차할 때인지 분명하지가 않다. 마치코는 예를 들어 동창회가 '여차' 할 때라고 한다. "있지, 누구, 크고 비싸고 번쩍거리는 차 갖고 있는 남자 하나 빌려주지 않을래? 젊고 키 크고 잘생긴 남자여야 해." "뭐하려고?" "동창회야. 동창회에 가면, 브랜드 옷 입고 남편이랑 아이 자랑만 하거든. 옷은 내가 이브생로랑으로 빈틈없이 빼고 나갈 거니까 문제없어. 그런데 난 남편도 없고 아이도 없잖아. 여자란, 뭔가 불행해 보이는 여자한테 다가가서, 이혼 같은 거라도 했다고 하면, 그야말로 날카로운 매의 눈을 해가지고 다가가서, 정말 안됐구나아 하면서, 자신의 행복을 확인한다고. 정말 기분 나쁘지 않아? 그래서 이 마치코 님은 동창회에 조금 늦게 짜잔 하고 나타날 거라고. 잘생긴 젊은 남자의 커다란 차를 타고 말이지. 그야 물론 부러워하게 만들고 싶으니까." "기요시 씨한테 부탁하면 되잖아." "안 돼, 어코드 정도로는. 게다가 기요시는 키도 작고, 무엇보다도 젊지가 않은걸." "젊지 않으니 중역인 거지." "겉으로 봐서는 중역이란 걸 모르잖아. 요쓰비시 상사 중역이라고 어깨띠라도 걸게 하지 않으면 누가 알겠어. 있지 누구 좀 빌려줘."

마치코가 나에게 남자 재고가 있다고 생각하니 기분이 나쁘지는 않다.

"재규어 E 타입 갖고 있는 카메라맨이라면 하나 알고 있지만." "누구야, 누구?" "M씨야." "싫어, 이가 가지런하지 않잖아." 어쭈, 이것이 내 수중에 있는 남자에게 트집을 잡아?

"그럼, 베엠베 굴리는 Y씨는?" "그치는 호모잖아. 게다가 자유업은 안 돼, 아무리 시간이 흘러도 지위가 안 올라가는걸." 네가 직접 마련해라.

여차 할 일은 매주 토, 일요일에도 생긴다.

"평일은 할 일이 있으니까 괜찮아. 평일에는 남자는 방해물이야. 하지만 막상 토, 일요일에 아침밥을 혼자서 먹는 건 싫어. 힘을 내서 와플을 굽고, 메이지야에서 메이플시럽도 사오고, 모차르트도 틀고 말이지, 그렇게 해서 막상 먹으려는데 혼자구나 생각하면 죽을 것 같아."

그건 어쩔 수 없는 일이야. 혼자 사는 사람의 홀가분함을 즐기려면 토, 일의 고독한 아침밥 정도는 감수해야지. 어수선하게 불평하지 말고 기요시 씨랑 사이좋게 지내.

디즈니랜드가 생겼을 때 마치코는 조금 정상궤도에서 벗어났다고 생각될 정도로 흥분했다. "절대로 바로 가야 해. 나는 미국에 가는 즐거움이 디즈니랜드였거든. 나, 세 번 가서, 갈 때마다 황홀해서 넋이 나갔어. 거기엔 정말 꿈이 있다니까."

마치코의 꿈과 나의 꿈은 전혀 맞지 않으니까, "그저 유원지 잖아" 하고 냉랭하게 응대한다.

"이번 일본 거는 미국보다 훨씬 잘 만들었대. 스페이스 마운틴이라는 굉장한 탈것이 있는데, 거구의 남자도 기겁을 할 만큼 무섭다는 거야."

"롤러코스터 같은 거야?"

"그런 시시한 게 아니야. 여하튼 우주를 여행하는 거 같대. 롤러코스터를 타면 젊은 여자가 실제로는 무섭지도 않으면서 까아 하고 남자한테 달라붙는 거 보고 화가 났었거든. 이번엔 나도 남자가 제대로 있으니까 단단히 달라붙을 거야."

스페이스 마운틴은 어코드라도 괜찮은가보네.

얼마 뒤에 마치코로부터 전화가 왔다.

"으응, 있지, 나 망가져버렸어. 이제 안 돼."

"뭐가?"

"뭐긴 내가 그렇다고."

처음부터 넌 망가져 있었어. 새삼 무슨 소리야. "으응 들어 봐." 언제든 듣고 있잖아. 나는 오로지 듣기만 하지. 언제 네가 내 얘기 들어 준 석 있니.

"디즈니랜드에 갈 때까지는 신이 났어."

마치코가 양손을 벌리고 쿵쾅쿵쾅 팔자걸음으로 행렬을 향해 돌진하는 것이 눈에 보인다.

"이왕 돈 내고 타는 거라면 가장 무서운 경험을 해야 하지 않겠어? 그러려면 맨 앞에 타야 할 것 같아서 직원한테 말했어. 꼭 맨 앞에 좀 타게 해 달라고. 게다가 뒤에 앉으면 남자한테 매달렸을 때 아무도 봐줄 수가 없잖아. 그런데 이게 뭐야. 캄캄한 거야. 그건 계산 밖이었어. 굉장히 아름다워. 별도 많이 보이고. 그리고 안내방송이 나와. 우리는 지금부터 우주여행을 시작합니다 하고. 그러고 나서 정말이지 뒤죽박죽이 돼 버렸어. 롤러코스터는 뷰웅 올라가면 다음에 뷰웅 하고 내려가잖아. 마음의 준비란 게 가능하잖아. 그런데 이건 다음에 어떻게 될지 전혀 알 수가 없는 거야. 우주의 경관은 눈을 감고 있으면 없는 거나 마찬가진데, 눈을 뜨고 있을 수가 없었어. 나는 나 죽어, 나 죽어. 사람 살려, 사람 살려어 하고 외치는데 목소리가 되어 나오지를 않는 거야. 그저 워어워어 할 뿐. 위로 갔다 아래로 갔다 뒤집어졌다. 나 평생 살면서 그렇게 후회한 적이 없었어. 그야말로 장도 위도 공중제비를 하는데, 어디로 다 흩어져 날아가 버린 것도 같고 딱딱하게 굳어 버린 것도 같은 거야. 남자에게 매달릴 상황이 아니었어. 매달리는 것도 여유가 있을 때나 하는 거더라고. 그런 건 진짜 공포가 아니야. 이건 뭐 정말 어떻게 해볼 수가 없는 거야. 옆에 남자가 있었지만 아무 짝에도 쓸모없었다니까. 지금이야말로 진짜 여차할 땐데, 여차할 때 남자는 쓸모없는 거구나 하고 절실히 깨달았어."

흐음, 그렇군, "그래서 어떻게 했어?"

"난 완전히 얼이 빠져서 멈춘 순간 워어 워어 울음을 터뜨렸어. 그리고 땅바닥에 내려섰는데도 일어설 수가 없어서 두 손을 땅에 짚고 고릴라같이 워어 워어 울면서 기어 다녔어. 내가 일어나지 못하니까 사람들이 모여드는 거야."

"창피하지 않았어?"

"창피하지 않았어. 창피한 것도 여유가 있을 때 얘기야. 그런데 그 남자 어떻게 한 줄 아니? 잽싸게 나한테 떨어져서 나랑 일행이 아닌 것 같은 얼굴을 하고 저쪽으로 걸어가 버리는 거야. 기다려어, 기다려어 하고 소리치는데도 쌀쌀맞게 가버렸어. 이게 말이 되니? 그럴 때야말로 나를 구해줘야 하는 거 아니야? 우주에 내팽개쳐진 나를 두고 가버리다니, 이게 말이 되냐고. 잘 알아둬. 여차할 때, 남자 같은 건 아무런 도움이 안 된다고."

＊ ＊ ＊ ＊ ＊

"넌 말이야, 뭐 하나 믿을 구석이 없어. 나는 네가 올 거라 생각해서 하루 종일 기다렸어, 밥도 안 먹고 기다렸다고." "그러니까 거기엔 이유가 있다니까." "전화는 할 수 있었잖아." "듣고 보니 그러네." "어제오늘의 일이 아니야. 양치기 소년도 적당해야지." "그래, 난 양치기 소년이야. 아하하하하." "아하하가 아니야." 나는 전화를 거칠게 끊는다. 마치코는 아침 10시에 온다고 하고 밤 10시에 오는 일도 허다하다.

전화하는 걸 듣고 있던 친구가 고개를 끄덕이며, "그래, 잘했어. 나라면 하루도 같이 지내지 못할 거야."

어느 날 우리 집에서 일 때문에 사람들이 모여 회의를 하게 되었다. 참석할 사람들은 모두 내가 정중하게 대하고 싶은 사람들이었다. 그날 마치코에게서 전화가 왔다. "오늘은 집에서 회의가 있는데." "몇 시부터 몇 시까지?" "6시부터 9시까지 걸릴 거 같아." "그럼, 9시에 갈게." "정각 9시에 끝날지 어떨지 모르니까, 아직 안 끝났으면 2층에서 기다려." 찰칵. 9시 조금 전 마치코가 불쑥 방으로 들어왔다. 배낭을 메고 우뚝 버티고 섰다.

회의하던 사람들이 마치코를 본다. 마치코는 큰 소리로 "9시에 끝난다고 했지?" 했다. 안녕하세요도 실례합니다도 생략이다.

사람들이 썰렁해져서 해산했다. 그때의 일에 대해 그 자리에 있었던 친구는 이렇게 말한다.

"고릴라가 들어왔나 했어. 좀 이상한 사람 아냐?"

"악의는 없는 사람이야. 게다가 현대에는 눈 씻고 찾아도 없는 솔직한 사람이라니까."

나도 냉정을 잃지 않을 때에는 항상 마치코를 변호한다.

"그 사람한테 무슨 약점이라도 잡혔어요?" 하고 돌연 의심스럽다는 눈초리를 하고 물어온 사람도 있다. 그럴 때 나는 히죽히죽 웃을 수밖에 없다.

나는 나 자신이 인격자라고 주장하고 싶은 마음에 마치코와 만나고 있는 건 아닌가 하고 때때로 스스로를 의심하는 일도 있다. 몇 년에 한 번쯤은 인격자도 파탄을 맞이하여 전화기에 대고 불같이 화를 내며 고함친다. 하지만 얼마간 시간이 흘러 열기가 잦아들 무렵이면 걱정이 되어 "뭐해?" 하고 내쪽에서 먼저 안부를 묻는다.

"아하하, 찾아가기가 좀 뭐했어. 그런데 그사이에 나 또 선봤어." 기요시는 어떡하고 기요시는 그리스 여행까지 이어지는 거 아니었어? "나, 정신 차렸어." 겨우 이제서. "일본 남자들은 못써. 선본 건 나구 괜찮았어. 이야기도 재밌게 나눴어.

회사를 두 개 갖고 있고 정원에다가 넓은 텃밭도 있다는 거야. 노후에는 세계여행을 하고 싶은데, 그러려면 영어를 할 줄 아는 사람이 좋다고. 내가 딱이잖아. 이런저런 것들에 대해 내 고견을 묻기에 나는 내 고견을 말씀드렸지. 아들이 오차노미즈 대학을 졸업한 인텔리와 결혼하려고 하는데 어떠냐 하기에, 지적으로 대등한 건 멋진 일이다. 앞으로는 일과 가정을 양립시키는 그런 부부가 이상적이지 않겠냐고 했지. 그랬더니 거절하더라고. 가정에서 여자가 남편과 대등하면 거북하대."

"그러니까, 아들의 예비신부를 거절했다는 거야?"

"아니, 나를. 글쎄 마누라로는 노예 같은 여자가 좋으니까 나같이 지적인 여자는 안 되는 거야."

지적이라. "선을 봐서 여자를 찾으려는 남자는, 자기가 직접 남자를 찾아나서는 여자한테는 볼일이 없겠지. 못 찾는 사람들끼리 하는 게 선일 테니까. 기요시는 어떡할 건데, 기요시는?"

"난 결혼하고 싶어."

"넌 결혼하고는 안 맞아."

"그래, 너무 지적이야. 일본 남자는 마누라를 엄마 대신으로 삼고 싶은 거야."

마치코는 사랑도 결핍, 정절도 결핍이다. 있는 것은 타산과 불꽃처럼 타올랐다 사그라지는 지속되지 않는 정情의 조각뿐이다. 타산을 밀어붙이기에는 두뇌의 일관성이 모자라고, 정을 키우기에는 너무 변덕스럽다. 그러나 한 점의 악의도 없다. 보통 인간들 누구나 타산과 불꽃 같이 흩날리는 정을 갖고 있지만 보통 인간들은 그것을 어떻게든 숨기려 한다. 그래서 우리는 타인의 그것을 있는 그대로 볼 기회를 갖지 못한다. 하지만 마치코는 그것을 세쓰분*에 뿌리는 콩과 같이 흩뿌린다. 나는 그것을 보면서 나 자신에게도 또아리를 틀고 있는 에고이즘을 점검할 기회를 갖는다. 혹은 나에게 주어진 사랑을 필사적으로 지켜내려고 분투한다.

나의 다른 건실한 좋은 친구가 아무리 눈살을 찌푸려도, 내가 마치코와 오랜 시간 만나온 것은, 하지만, 마치코의 그러한 나름의 독특한 장점 때문만은 아니다. 마치코와 함께 있으면 어쨌거나 소동이 끊이지 않는다. 못된 심보일지 모르겠으나 소동 구경을 공짜로 할 수 있는 게 재미있다는 것도 그만둘 수 없는 또 다른 이유이다.

"있지, 나 실수했어."

---

* 입춘 전날. 이날 볶은 콩을 뿌려 악귀늘 쫓는다.

"뭘?"

"미국인 훈남한테서 식사 초대를 받았어. 이게 웬일, 하고 의욕이 넘쳐서, 회사 휴가 내고 미용실에 가고 온 집안을 뒤집어놓으면서 옷 골라서 거울에 비춰봤더니 말이야, 가슴이 좀 부족한 거야. 그래서 브래지어를 두 개 했어. 그리고 멋지게 호텔 오쿠라에서 풀코스로 식사를 했지. 식사가 끝나자 방에서 술 마시자는 거야. 좋-아, 좋-아 하고, 신이 나서 방까지 갔어. 당연히 분위기가 그럴듯해졌는데, 난 헉 하고, 집에 갈래요 하고 서둘러서 돌아왔어. 완전 실수였어."

"뭐가?"

"브래지어를 두 개 했잖아. 하나만 했어야 했는데."

"아이고, 브래지어 두 개는 됐고, 기요시는 어떡할 거냐고 기요시는?"

"여기서 기요시 얘긴 왜 해? 뭐 어때? 나 좋다는 사람 있으면 신나는 게 당연한 거 아니야? 아, 그 사람이 이번에 홍콩에 같이 가자고 하는데, 그 사람 브래지어 한 개면 지난번하고 다른 거 알아차릴까?"

알게 뭐냐.

그러나 앞으로도 계속 불꽃을 흩날리는 식으로 해나갈 수 있을까? 나는 걱정이다.

"전혀 걱정할 거 없어. 옆에서 보는 사람만 조마조마한 거지, 본인은 전혀 아무렇지도 않잖아. 앞으로도 해나갈 수 없다면, 지금까지도 못 해냈을 거야. 태연스레 떠들썩하게 잘하고 있잖아. 양로원에서도 혼자서 여기저기 뛰어다니면서 떠들썩하니 잘해나갈 거야"

하고 내 친구는 냉랭하다. 그럴까? 하긴 그럴지도 모르겠네.

홍콩은 어떻게 하려나 하고 생각하고 있는데, "캐나다에서 글쎄, 아이 일곱 있는 사람이 부인을 찾고 있대. 나한테 딱이라고 생각 안 해?" 기요시는 어떡할 거냐고 기요시는.

* * * * *

"얘, 요전번에 마치코가 히피 같은 젊은 남자랑 신주쿠의 스포츠점에 있는 거 봤어."

"그래? 거긴 또 왜 갔지?"

"등산화를 사고 있더라."

"누구 거?"

"자기 거겠지. 엄청 화려한 오렌지색을 고르더라."

"그래서?"

"자기보다 커다란 배낭에 짓눌려서 안짱다리 고릴라 걸음걸이로 걸어 나가더라고. 맨날 디오르니 랑방이니 명품만 찾지만, 그 고릴라 걸음에 팔 휘두르는 거라니, 엄마 태내에서 나왔을 때부터 등산화 신고 나왔던 거 아닐까?"

어쩐지 한동안 나타나지 않는다 했다. 어디서 히피 같은 젊은 남자를 골라서 챙긴 걸까. 기요시는 어떡할 거냐고 기요시는. 한동안이 아니었다. 아예 우리 집에 오지를 않았다.

"있지, 마치코 씨가 레이코 씨 소개로 선봤대."

"알고 있어. 정원에 텃밭 있는 정년퇴직한 남자지?"

"그건 상대가 물렀다던데."

"그럼, 캐나다의 아이 일곱 딸린 남자랑 잘됐대?"

"그런 말은 전혀 안 하던데. 오이소에, 아이가 일곱이었는데 거기에 양부모한테 보내놨던 아이를 하나 더 데려와서 아이가 여덟이 된 사람이랑 선본 이야긴데."

"그거, 캐나다랑 뒤섞인 거 아냐?"

"글쎄, 결혼식 올리기 전에 잠깐 연습 삼아 가 있다고 하던데."

"연습 삼아 같이 살다니, 그게 말이 되는 얘기야?"

"마치코가 언제 상식에 맞춰서 살았나? 이런들 저런들 뭔 상관?"

"마음에 안 들어."

"네가 마음에 안 들어 봤자지. 뭘 어쩌겠어."

기요시는 어떡할 거냐고, 기요시는. 게다가 랑방보다 아주 잘 어울리는 등산화를 같이 고르던 녀석은 어떻게 한 거냐고.

"기요시랑은 헤어진 걸까?"

"헤어졌을 리 없어. 이것저것 다 쥐고 있느라 항아리에서 손을 못 빼는 바보니까."

그러나 그렇다고 쳐도 제법이지 않은가. 내 친구가 겉으로는 담배 연기를 푸우푸우 내뿜으면서 참으로 경멸한다는 투로 말하지만, 속마음은, 히피처럼 지저분하다 해도 젊은 남자, 쬐끔 나이는 들었지만 정원에 텃밭 딸린 해외여행파 남자, 자식을 일고여덟이나 만든 정력남, 마치코가 아무리 천방지축 몸을 헤프게 굴려도 말없이 받아들이는 대기업 중역 기요시, 이들을 양손 양다리에 휘감고 있는 마치코가 부러운 것은 아닐까.

혹시라도 마치코가 절세의 미녀였다면 손톱이라도 물어뜯으며 물러날 테지만, 4등신의 안짱다리, 불독의 울음소리로 착각할 정도로 그릉그릉하는 목소리, 이빨은 거의 다 틀니, 눈은 사팔뜨기, 입가는 연령 불명의 주름투성이, 듬성듬성해진 머리를 미용사에게 호통을 쳐서 "여자답게, 여자답게" 돈을 들인 헤어스타일. 마치코는 그 모든 것을 조심스러움이라든가 그윽함 같은 취미로, 눈치지도 않는다. 금목걸이도 개의 목줄만큼 굵은 것으로 하고, 빨간 털실방울이 달린 삼각모자를 휘휘거리고 다닐 때도 있다.

본인은 자기가 교양에 지성까지 갖췄다고 하지만,

"너희들이 하는 말 듣다보면 마치 안개가 끼듯이 부예져서 통 못 알아먹겠어. 모두들 내가 한심해 보이겠지만, 그래도 도통 무슨 말인지 모르겠는걸"

하며 별로 괴로워하지도 않는다. 우리도 늘 요시모토 다카아키*를 화제로 삼는 건 아니다. 마치코가 이렇듯 남의 말귀를 못 알아먹으니, 마치코에게 뭔가 고민거리를 가져가는 사람은 없다. 어쩌다가 고민거리를 나누기라도 하면, "아ㅡ 내 경우는 말이지" 하고 모든 문제는 마치코 자신의 개인적인 푸념 속으로 밀려들어간다.

도덕, 지성, 인격, 취미, 용모, 나이, 그 어떤 것을 보아도 마치코보다 뛰어난 여자는 정작 한 명의 남자도 확보하지 못하는데, 마치코는 양손 가득 남자를 쥐고 놓지 않는 것이다. 세상 참 어떻게 된 노릇인지.

그리고 마치코는 그 후 소식이 뚝 끊겼다.

---

* 전후 일본의 사르트르라고 불린 시인이자 사상가. 요시모토 바나나의 아버지이기도 하다.

소식이 끊겨서 그리웠나? 뭐니 뭐니 해도 십오륙 년을 매주 두 번은 칫솔을 챙겨서 자러 온 여자다. 그러니 나도 조금은 맥없이 쓸쓸하다든가, 끊임없이 이어지던 소동이 그립다든가, 마치코가 사라고 해서 할 수 없이 산 스웨터를 장롱에서 끄집어내어 눈물 머금는다든가— 하는 일이 있을 법한데, 전혀 없다. 기억도 나지 않는다. 나는 나 자신이 냉혹하고 박정한 인간이 아닌가 하고 무서워졌다.

왜 이럴까 하고 생각하니, 그래, 마치코는 미래도 과거도 없는 여자였던 거다. 그때 그 순간을 온힘을 다해 120퍼센트 살아간 여자였다. 현재를 쌓아올리면 역사가 된다는 얘기는 마치코를 모르는 상식적인 인간이 하는 말일 뿐이다. 현재를 성실히 사는 것이 미래를 만드는 일이라고 하는 얘기도 마치코를 모르는 상식적인 인간들이 하는 말이다. 마치코는 나에게 역사도 미래도 남기지 않았지만 또한 어떠한 감상感傷도 남기지 않았다. 원망도 슬픔도 분노도 남기지 않았다. 마치코는 한 줄기 바람이었다.

"이상한 게 왔는데." 레이코가 핸드백에서 커다란 하얀 봉투를 꺼냈다. "분명 내 앞으로 온 건데 도통 읽을 수가 없어." 뒤집어보니, 꿈틀거리는 아라비아문자 같은 것이 금박으로

눌려져 있다. 게다가 빨간 봉랍까지 두껍게 올라앉았다.

"아마 마치코일 거야. 여하튼 전혀 못 읽겠어. 아라비아어를 읽을 줄 아는 사람한테 물어봤는데, 어디 특수한 부족의 말이 아닐까 싶대. 게다가 이거 아무래도 공식적인 혼례 통지 문서 같다고 하는 거야. 여기, 여기만 읽어 보라고. 이 오밀조밀한 손글씨, 마치코 맞지? 딱 한 줄이야. '드디어 해냈어.' 읽을 수 있는 건 이것뿐이야. 마치코 씨, 아라비아 어딘가의 왕족의 아내라도 된 거 아니야?"

"그럴 수도 있겠네."

"헉, 그 나이에 그 생김새로?"

마음이 상한 중년 여자는 무슨 소리든 한다.

"글쎄, 거기서는 천 뒤집어쓰고 얼굴 안 보이며 살 테니까."

"그 사람 하긴 첫 결혼 때, 그거 할 때 늘 보자기 썼다고 했었어."

"17년간이나?"

"응. 17년간이나."

"저기, 이거 어쩌면 초대장 아닐까?"

하지만 아무도 못 읽잖아.

그리하여 마치코는 우리들 사이에서 사라졌다. 그러나 기요시는 어떡한단 말인가, 기요시는.

*****

"자기야, 집에 있어?" 하고 쿵쾅쿵쾅 마치코가 들어왔다. 나는 말끄러미 마치코를 쳐다봤다. 그 별난 아라비아문자의 편지가 온 게 언제더라? 8년 전? 아니 8개월 전이다. 마치코는 마치 지난주에 왔다가 다시 온 것처럼 아무 일 없었다는 듯이, "뭐 먹을 거 없어?" "밥 있으니까 거기 후리카케라도 꺼내서 먹어." "자기네 집엔 가끔은 제대로 된 요리 좀 없으려나. 나 자기네서 먹다 남은 음식 말고는 먹어 본 게 없잖아."

마치코는 직접 밥을 푸고 냉장고를 뒤져서 잽싸게 식탁에 반찬을 늘어놓았다. 나는 그저 마치코를 바라만 보고 있다.

"이 단무지 좀 오래된 거 아냐? 왠지 곰팡내가 나는 것 같아." 이 여자, 아랍 부자의 뭔가가 된 게 아니었나?

"너 어떻게 된 거야?"

"뭐가?"

"뭐가라니, 그 별난 편지는 뭐야? 아랍인지 뭔지의 뭔가가 된 게 아니었어?"

"그런 거 묻지 마."

"묻지 말라니, 그거 거짓말이었어?"

"거짓말 아니었어. 그래도 묻지 마."

"사긴 깄이?"

263

"갔어."

"그래서?"

"아무렴 어때. 과거의 일 같은 거."

"과거라니, 언제 돌아왔는데?"

"어제"

"어제까지의 과거가 없어?"

"뭐 그런 셈이지."

"일시 귀국인 거야?"

"아니 아니야. 이제 두 번 다시 안 갈 거야."

"너, 뭔가 나한테 얘기하고 싶은 진기한 거라든가, 자랑하고 싶은 거라든가, 울부짖고 싶은 거라든가, 뭔가 있을 텐데. 그래서 온 거 아냐?"

"묻지 마. 묻지 말라니까. 넌 어떻게 지냈어?"

"뭐 별로, 어떻게랄 것도 없어."

"혹시 그사이에 남자한테 버림받았다던가, 내일 먹을 쌀도 없을 지경으로 어렵게 됐다던가, 하지는 않았어?"

"돈은 처음부터 없었고, 나를 버릴 것 같은 녀석은 애초에 내 남자로 삼지 않아. 너 아랍 남자한테 버림받은 거야?"

"도망쳐왔어."

"왜?"

"묻지 마, 묻지 마."

만나온 지 18년이 되는데도 결국 마치코의 나이를 알 수 없었듯이, 수수께끼의 8개월도 그렇게 묻혀버리고 말았다.

매우 훌륭한 맑고 쾌청한 겨울 날씨다.

"무슨 일이야?"

"기요시가 계속 이를 뺀 상태로 지내잖아. 10년 전부터. 그런데도 절대로 이를 해넣지 않아."

"어째서?"

"부인이 돈을 안 내놔."

"아니, 월급은 몽땅 통장으로 들어가고 부인한테서는 용돈도 못 받는다면서. 그런 부인한테 돈이 없을 리 없잖아."

"돈에 미쳤대. 차에 넣을 기름 값 좀 달라고 하면 행선지랑 킬로수를 전부 써서 내라고 한다나봐. 이를 해 넣겠다고 했더니, 의사를 지정하고 재료를 전부 조사해서 보험이 되는 이로 하라고 한다는 거야. 기요시는 그런 일로 이러쿵저러쿵 말 듣는 거 성가시대. 난, 부인이 제대로 부인으로서의 역할을 한다면, 부부 사이의 문제는 둘이서 알아서 하면 된다고 생각해. 그런데 그 여자 기요시의 빨래도, 식사 준비도 안 해. 우리 집에서 놀다실 때, 샌드위치 남은 것을 싸서 내일 아침밥으로 먹는다면서 가져가. 그렇다면 그 정도는 해줘야 한다고 생각 안 해?"

"그 부인이라면 그렇게 하고도 남겠지. 처음부터 그런 사람 인 거 알고 있었잖아."

"이는 재료를 좋은 걸로 해넣지 않으면 몸에 나빠. 그런데 싸구려로만 하라고 하다니."

"걱정되면 네가 해주면 되잖아?"

"왜 내가 해줘야 해? 나는 땡전 한 푼 받지 않았는데."

"하지만 때때로 금 목걸이니 반지니 사주잖아. 보답으로 그 정도는 해주지 그래?"

"난 싫어. 그 사람은 있지, 나랑 만날 때 쓰는 돈은 전부 아 르바이트 해서 벌어. 그런 소중한 돈을 모아서 틀니 하는 데 쓰는 것도 싫어. 월급을 전부 가져가는 부인이 그 정도는 해 야 한다고."

"해야 한다고 말해봤자, 그렇게 안 되는 걸 어떻게 해."

"너라면 어떻게 할 건데?"

"해줄 거야. 사랑한다면 틀니든 의안이든 돈을 빌려서라도 해줄 거야."

"그런데 기요시가 손재주가 있잖아? 하얀 플라스틱을 깎아 서 정말로 틀니를 만들었어."

"자기가 직접?"

"그래, 잘 만들었더라고. 그 사람 네 콘택트렌즈도 부탁하면 만들어줄걸. 그렇다 해도 그 부인은 그렇게 돈을 모아서 뭐하겠다는 거지? 도대체 이래도 되는 거야?"

되고 말고도 없다. 현실이란 불가해하다. 마치코와 기요시의 관계도 불가해하다면, 기요시와 부인의 관계도 불가해하다. 나와 마치코의 관계도 다를 것 없다. 나는 틀니보다도 수수께끼의 8개월을 품고 돌아온 마치코를 기요시가 어떻게 생각했느냐가 더 궁금하다.

"그런데 기요시는 네가 8개월 동안 어딘지 모를 곳에 가서 뭘 하고 왔는지 말 안 하는데도 아무 말 안 해?"

"전혀."

"뭐라고 하고 8개월 만에 만났어?"

"그 사람, 현관으로 들어와서, 오늘은 조금 속이 안 좋으니까 뭐 좀 부드러운 것을 먹을 수 있으면 좋겠네요, 라고 했을 뿐이야."

"그래서?"

"그뿐이야."

"뭔가 설명한다든가 변명한다든가 사과한다든가 안 했어?"

"왜? 왜 사과해야 하는데?"

아-아-아- 이제 됐으니까 네 맘대로 해.

"그리고 말이지, 나와 기요시는 지금은 플라토닉이야."

"엣, 무슨 소리야?"

"그렇다는 얘기야. 한 가지만 가르쳐줄게. 저쪽에서는 여자
는 전부 밀어야 해."

"뭘 밀어?"

"민다고 하면, 뭔지 알잖아? 나 원래 상태로 돌아올 때까지
는 플라토닉 러브 하기로 했어."

"너, 이상한 데서 허세를 부리는구나. 기요시라면 특별히
뭘 물어보려 할 것 같지 않은데?"

"그래도 부끄럽잖아."

"네가 부끄럽다고? 좀 더 근본적인 걸 부끄러워해야 한다
고 생각해, 난."

"근본적인 거라니 뭘?"

아-아-아-.

말해줄까? 넌 인색함과 욕심으로 똘똘 뭉쳐져 있어. 한 번
쯤 선물을 가져와 봐. 아니 한 번쯤 랩에 1회 분량의 녹차라도
싸서 가져와 본 적 있어? 몇 십 년이나 밖에서 밥 먹을 때 넌
내게 밥 한 번 사주는 건 고사하고 네가 먹은 밥값도 낸 적이
없어. 넌 뭔가 호르몬 부족으로 정서가 메말라서 남자한테 빠

지지도 못하고, 그런데도 아예 연애감정이란 게 없어서, 그걸 별로 괴로워하지도 않아.

아아 분해라. 내 월 수입의 세 배는 되는 월급을 받잖아. 한 번쯤 나한테 밥을 사라고.

* * * * *

"있지 있지 열흘에 8개국을 도는 투어가 있는데, 가도 괜찮을까?"

일요일 아침 8시 반이다.

"있지 있지 38만 엔이면 비싼 걸까?"

"별로 비싸지 않은 거 같은데."

"그치만‑ 냉장고도 바꿔야 하거든. 으응, 있잖아‑ 냉장고랑 8개국이랑 어느 쪽이 더 좋을 거 같아?"

"그야 8개국이지. 글쎄, 냉장고는 기껏해야 높이 2미터×1미터 정도잖아. 보고 있어봤자, 언제까지나 냉장고야. 8개국은 넓이가 몇 만 제곱킬로미터나 돼. 경치도 자꾸자꾸 바뀌고."

"정말 그렇네‑ 좋아 결정."

"그래, 언제 가는 건데?"

"당연히 인밀언시 휴가지. 그때는 어디를 가도 '가족과 함께'잖아. 피해서 가려고. 기요시도 새해 휴가 때는 가족하고 지낸대."

"그게 부러워? 가족하고 지내봐. 온 친척 아이들이 모여들어서 세뱃돈만 해도 요즘엔 10만 엔은 들걸. 그리고 아내란 존재는, 술 내고 물러나 있다가 요리 만들고 하면서 부엌에 내내 서 있어야 해. 그런 거 하고 싶어?"

"싫어, 바보 같아."

"가족 단위 해외여행도 부러워할 거 없어. 가족 4명이 함께 새해 휴가에 8개국 여행을 한다고 해봐, 얼마가 들지?"

"네 말이 맞다. 으, 싫어. 난 자유가 좋아."

"자유와 고독은 함께 가는 거라니까."

우쭐해서 나는 말한다.

"하지만 계속 자유롭게만 살다 보면 가끔은 어디엔가 매이고 싶어. 난 헌신하는 타입이야. 헌신하고 싶은 마음이 그야말로 이루 다 쓸 수 없을 만큼 남아돌아. 그런데 기요시는 뭐든 스스로 하는 사람이라 내가 헌신해서 해줄 게 없어. 나 남자가 그렇게 부지런한 거 좋아하지 않아. 남자답게 그냥 떡하니 버티고 있어주면 좋겠어. 내가 헌신할 수 있게. 아-아-헌신하고 싶어라."

"그렇게 남아돌면, 나한테 헌신해. 난 손 하나 까딱하고 싶지 않으니까."

"어머, 싫어. 어이없어."

내가 무척 좋아하는 또 다른 친구가 그믐날과 새해 첫날을 혼자서 지내고 싶지 않다고 큰 짐을 싸들고, 맛있는 빵과 치즈과 고기와 생선도 함께 가지고 우리 집으로 왔다. "오-오-가엾어라, 가엾어라. 남자를 본가에 보내고 쓸쓸히 명절을 지내는 첩 같구나." 나는 신이 나서 친구의 머리를 쓰담쓰담 하며 집 안으로 들였다. 나도 참, 사람을 차별하네. 편애하네. 두 사람이 처지가 같다고 평등하게 취급하지 않는다. 편애야말로 인생이야. 뭐 불만 있어? 편애란 게 없으면 연애가 성립할 리 없잖아. 나도 파탄 난 가정의 여자다. 그믐날과 새해 첫날은 좀 쓸쓸하다고. "있지, 메밀국수는 제야의 종이 울리고 나서 먹자. 그런데 기타시마 사부로가 안 나오는 홍백가합전이라니, NHK는 모든 악의 근원이라니까." "차별 속에서 사는 것이 인생이야. 말해두겠는데, 내가 가장 편애하는 건 네가 아니야." "우린 레즈비언이 아니니까" 하는 식으로 그믐날 밤은 조용히 깊어 갔지요.

홍백가합전이 절정일 때, 전화가 울렸다. "여보세요, 너 뭐 하고 있어?" "이리? 마치쿠? 너 8개국 안 갔어?" "그만뒀어. 지금 가도 돼?" 친구에게 시선을 돌리니 친구는 두 팔로 크게 엑스 자를 만들고 나를 노려본다.

"아- 아- 좀 상황이 안 좋아." "그럼, 내일은?" "내일, 내일 전화해봐." "알았어" 후우- "나 마치코 씨가 오면 집에 갈 거야. 그 호들갑스럽고 떠들썩한 여자랑 같이 있으면 내가 돌아버릴 것 같거든. 마치코는 타인과의 관계를 어떻게 해야 하는지 전혀 모르는 사람 같아. 도대체 어떤 성장 과정을 거친 거지? 그 사람 인사도 남들처럼 할 줄 모르잖아. 마치코는 자기 형편 좋을 때 멋대로 너를 찾아오는데, 그게 꼭 너여서 찾아오는 게 아니라고. 누구라도 좋은 거야. 그 시간만 보낼 수 있으면." "하지만 좀 불쌍하잖아." "자업자득이야. 머리가 없다니까."

그리고 새해 아침, 마치코는 배낭을 메고 뛰어 들어왔다. "짜잔- 봐봐 이거." 마치코는 주먹을 우리 앞에 내밀었다. 엄청 큰 번쩍거리는 반지를 끼고 있었다.

"봤지? 이거 루비야 루비. 축하한다는 말 정도는 해줘."

"앗 그래, 축하해. 너 8개국은 어떻게 됐어?"

"그럴 때가 아니야. 캘리포니아, 캘리포니아야. 봐봐, 이 루비."

"무슨 일이야?"

272

"나, 양녀로 갈 거야."

"그 나이에?"

"상관없잖아. 미국의 돈 많은 할머니가 내가 마음에 들었대. 지금 캘리포니아에 있는데, 수영장 딸린 별장이야. 정말이지 영화 같아. 그 여자가 나를 양녀로 삼고 싶다고 이걸 줬어. 아- 나도 인생이 풀리기 시작했어. 거기 가면 돈 많은 젊은 남자랑 연애하는 것도 꿈이 아니야, 짜잔-"

"너 아랍 일도 있었잖아. 잘 생각해봐."

"글쎄 이번에는 할머니야. 그것도 선진국. 미국이라고. 너희들, 기다려. 할머니의 유산이 왕창 굴러들어올 테니까."

"너 진심이야?"

"진심이야. 이 루비 진짜야. 그러니까 8개국이 문제가 아니겠지?"

"기요시는 어떡할 건데 기요시는."

"어머, 그 사람 가정이 있잖아."

"너 말이야- 그런 얘기가 아니잖아."

"어머, 어째서, 왜?"

"나 집에 갈래."

내가 아주 좋아하는 친구는 집에 가버렸다.

그리고 마시코는 정말로 캘리포니아로 가버렸다.

그림엽서가 한 장 왔다. 빨간 꽃이 하나 가득 피어 있었다.

"참, 별난 사람이었지." 때때로 누군가가 말했다. "미국에서도 그렇게 지내고 있을 거야. 걱정 없어." "아무도 걱정 같은 거 안 해."

벚꽃이 피었다. 벚꽃이 피면 나도 일본인이구나 하는 생각이 들곤 한다.

"있지, 어제, 마치코를 봤는데."

"어디서?"

"이노가시라 공원에 벚꽃놀이 갔더니, 기요시랑 같이 이리저리 거닐고 있더라."

"마치코다."

"그거 요물 아니야? 기분 나빠."

벚꽃이 질 무렵 "자기 오늘 시간 있어?"

마치코다. 아-아-아-. 정말로 요물이다.

벌집
에쿠니 가오리

아, 자유롭구나.

처음에 이 책을 읽고 그렇게 생각했던 것이 기억난다. 융통무애融通無碍다. 사노 씨의 붓은 날이 번쩍이는 재단가위로 천을 자를 때와 같은 긴장감과 무심함으로, 쓱쓱 이야기를 잘라낸다. 종이 본 같은 건 없다. 절묘한 호흡으로(랄까, 아마도 순간 숨을 멈추고), 아무도 흉내 낼 수 없는 솜씨로, 사노 씨는 이야기를 잘라낸다. 잘린 천(=이야기)은, 마치 처음부터 그런 형태로 잘리고 싶었던 것처럼 실체를 획득하여 거침없이, 거의 분방하다 할 정도로까지 생기를 발한다.

한 편 한 편이 깜짝 놀랄 만큼 멋지다. 우스워서 웃다가도 동시에 가슴에 밀려드는 어떤 것이 느껴진다. 개가 나오는 「파」도, 고양이가 나오는 「다마가 죽었다」도, 부부가 나오는

275

「어디로 갈까」도, 어머니가 나오는 「로맨틱 가도」나 「어머니의 다리」나 「입술」이나 「긴쓰바」도.

글을 읽으며 인간이란 대단하구나 하고 생각하게 된다. 그러다가 또 인간은 슬프구나 하는 생각도 하게 된다. 하지만 사노 씨의 문장은 독자를 비관에 빠지지 않게 하는 생명력이 있다. 그것은 달관한 척 잘난 체하는 것도 아니고 그렇다고 체념하는 것 또한 결코 아닌, 뭐랄까 페어fair한, 탄력이 있는, 솔직하고 크고 진실한, 사노 요코 그 자체임에 틀림없다. 문장에 생명력이 스며 있는 것은 그 안에 사노 요코가 스며 있기 때문이라고 말하고 싶다.

여기 수록된 이야기 에세이는, 여하튼 어느 것이나 다 좋지만, 나는 특히 아들이 나오는 에세이가 좋다. 「잘 잤어요?」라든가 「울지 않는다」 같은 것. 이 두 편은 아름답다. 그야말로 정말이지 뼛속까지 비쳐 보일 것처럼 아름답다. 아무튼 「잘 잤어요?」에 나오는 어머니는 아들이 대학 입시에서 지망 대학을 네 군데나 떨어졌다고 운다. 떨어졌기 때문에 운다기보다 떨어진 결과 삼류 대학에 가는 것으로 정해졌기 때문에. '그런 대학을 졸업해서 어떤 미래가 있겠는가. 나는 이치로가 가엾어서 마당의 잡초를 뽑으며' 운다. 고등학교를 중퇴한 '아키라'를 아들로 둔 '에이코 씨'보다는 내 쪽이 그나마 '행복하다고 할 수 있을지 모르겠다'고 생각은 하지만, 이내 '이치로와 아키라가 어떻게 같냐고. 그 애는 불량청소년인데' 하고 생각을 고쳐먹고, '이치로는 도쿄대에 들어갈 줄 알았다. 삼류 대학이라니, 삼류 대학이라니. 그 애는 도쿄대에 들여보낼 작정이었는데' 하고, 또 질질 운다.

이게 어디가 아름답다는 거지? 만약 본문을 읽기 전에 이 해설을 읽는 사람이 있다면, 고개를 갸우뚱할지도 모른다. 이 어머니의 사고는 일반적으로 말해서 칭찬할 만한 방향은 아니고, 브랜드 지향에 가까운 느낌이다. 그러므로 이렇게 쓰면서, 실은 나도 놀란다. 왜 이것이 그렇게 아름답게 느껴지는 거지?

맑은 푸른 하늘같은 아름다움이다. 구름 한 점 없다. 아무도 오른 적 없는 높은 산 정상의, 아무도 들이마신 적 없는 공기 같이 청량하다. 아무런 잡미雜味가 없다. 이런 아슬아슬한 곡예는 사노 씨가 아니면 아무도 못 한다.

한편, 「울지 않는다」는, 같은 아들 이야기지만 전혀 다르다. 짧은 글인데도 풍경이 몇 가지나 스쳐 지나간다. 지금이 있고, 먼 과거가 있고, 가까운 과거가 있다. 시간의 흐름, 아이라는 것, 어른이라는 것, 사물의 일회성, 그리고 다른 견해를 가질 경우, 등이 반복되어 나타난다. 느낌은 달라도, 역시 무척 아름답다. 환하고, 어두컴컴하고, 어쩐지 외롭고, 어쩐지 달콤하다. 별사탕 같은 아름다움, 혹은 눈 오는 아침의 장지문 같은 아름다움이다

그리고 또 이 책에는 여자들이 북적거린다. 강렬하기 짝이 없는 '마치코 씨'를 비롯하여 화려하게 꽃을 짓밟는 '마리에 씨', '173센티미터인 것이 굉장'한 데다가 '머리는 대담하게 1.5센티 길이로 자른 빠글빠글 파마머리', '너무 착하게 컸'고 '너무 의젓'한 '가오루'씨, 「배, 당당하게」에 나오는 여고 동창생들—

읽는 것만으로 현기증이 날 것 같은 백화요란_{百花繚乱}이랄까, 분 냄새가 후끈하달까.

여자들은 허세 만만하고, 연애에 사족을 못 쓰고, 어리석고, 억척스럽고, 때로 억지스럽거나 독선적이고, 감칠맛 돈다. 남자라든가 돈이라든가 한창 나이의 자녀라든가 늙은 부모라든가, 제각각 머리 아픈 문제를 떠안고 울거나 소동을 피우거나 하지만, 왠지 비장감을 주는 것이 아니라 아-아-아-아- 하고 읽는 이를 어이없게 만든다.

그 여자들의 독특함, 활력, 주변을 곤혹스럽게 하는 행동, 까다로움, 쩨쩨함. 이런 것을 읽으면서 아연하다가도 문득 그것이 실은 나와 무관한 일이 아니라는 것을 깨닫는다. 나 자

278

신이나 나의 어머니나 친구 누구누구가 사이사이로 떠오르는 것이다. 하지만 그것은 나, 혹은 나의 누군가가 그들과 닮았다 닮지 않았다가 아니라, 좀 더 본질적인 것에 가 닿아 있다. 아마도, 여자, 라는 것에. 세상의 반은 (놀랍게도) 이런 식으로 움직이고 있는 거다, 라는 것을 깨닫고 깊이 공감한다. 그래놓고서 "도쿠 씨이-"다.

"도쿠 씨이-"는 「라면」이라는 꼭지의, 마지막에 두 번 반복되는 말이다. 나는 이 말에 깨끗이 당해버렸다. 뻗었다. 가슴을 울리는 감동을 받았다. 이 말은 아마 당분간 머리에서 떠나지 않을 것이다.

영어에 vulnerable이라는 단어가 있다. 사전을 찾으면, ① ⒜ 공격당하기 쉽다 ⒝ 허점투성이라서 ② 상처 입기 쉽다, 느끼기 쉽다, 약한 구석[약점]이 있다, 로 되어 있다. 이 말은 번역된 말로만 보면 fragile(취약하다, 덧없다, 깨지기 쉽다)이나 weak(약하다)와 비슷한 말처럼 생각될지 모르지만 전혀 다른 말이다. vulnerable은 어미의 able이 표시하듯이 하나의 능력이다. 공격당할 능력, 상처 입을 능력. 뭔가 적극적인 어떤 것.

이 책에 나오는 여자들은 모두 vulnerable하고, 그 건너편에 투명하게 비쳐 보이는 사노 요코도 몹시 vulnerable하다. vulnerable한네 융통 ㅁ ㅔ일 수 있는 것은, 바로 vulnerable

이 하나의 능력이기 때문이다.

그런데, 말이 나왔으니 말이지만 이야기 에세이란 거, 무섭다. 이것이 만약 보통의 에세이였다면, 어떤 등장인물도 이렇게까지 강렬하게 다가오지는 못했을 것이다. 그들은 사노 요코의 가위로 재단되어 이야기 속에 풀려나 있기 때문에 그야말로 실체와 자율을 획득하여, 페이지를 넘길 때마다 하나하나의 인물이, 총알같이 새롭게, 이쪽으로 튀어나오는 것이다. 그래서 독자는 벌집이 되고 만다.

화가의 시선

사노 요코는 태생적으로 그림을 그리는 사람이었다. 그는 출중한 문재文才로 아름다운 글을 많이 썼지만, 원래는 그림을 전공한 사람이다. 그래서 그런가. 이 책에서 그가 구사하는 언어는 현실을 추상화하여 개념을 잡아내거나, 개념으로 현실을 재단하는 도구가 아니라, 삶의 한 장면을 눈에 보이듯 그려서 보여 주는 붓이요 물감이라는 느낌을 준다.

"그는 파를 닮았다. 파의 뿌리 같은 머리를 가늘고 긴 몸 위에 얹고, 파의 잎 같은 다리를 휘청휘청 앞뒤로 움직이면, 그것이 이시다가 걷는 모습이다. 때때로 파 전체를 신문지로 싼 것 같은 코트를 입는데, 그때는 아직 여물지 않은 야쿠자 똘마니로 보인다."

아들의 친구 이시다를 묘사한 부분이다. 그러나 그가 언어로 써내려가는 글이 단지 그림이 아니라 또한 아름다운 그림이 되는 것은 붓을 움직여 선을 그어내고 누르고 덧칠하여 농염을 찍어내는 듯한 그의 마술적인 언어의 기술 때문만은 아니다.

그는 매의 눈처럼 날카로운 감수성으로 예사로움의 이면에 묻어 있는 삶의 긴장을 잡아내는 신공이 있다. 그래서 그의 글은 그가 가진 감수성의 깊이만큼이나 보는 이의 가슴을 푸욱 찌르고 들어온다. 거기에 그녀가 만들어내는 작품의 감동이 있다. 그는 집에서 기르던 고양이 '다마'가 수명을 다해 죽어가던 날의 모습을 이렇게 기록했다.

"다마가 갑자기 나를 봤다. 그러고는 마치 나만 눈에 보인다는 듯이 내게 시선을 고정했다. 다마는 눈도 깜빡이지 않고 나를 봤다. 이를 어째. 나를 보네, 하고, 나도 가만히 다마를 봤다. 눈길을 돌리면 16년이나 함께 산 모든 것들을 버리는 기분이 들 것 같았다. 나와 다마는 서로 가만히 바라봤다. 가슴이 두근두근했다. 다마는 계속해서 나를 바라봤다. 나도 계속해서 다마를 바라봤다. 이를 어째, 하고 생각한 거, 다마에게 들켰을까, 들키지 않게 열심히 다마를 봤다."

그는 화가답게 그림처럼 글을 썼다. 그래서 그의 글은 독자로 하여금 그의 생각을 따라가기에 앞서 그의 시선을 따라가게 만든다. 바깥의 세상을 묘사할 때만이 아니라 자신의 속내를 기술할 때도 그녀는 이처럼 그린다.

그의 글은 그림이기에 닫힌 해석을 강요하지 않는다. 단지 우리의 시선을 빼앗을 뿐이다. 그림은 그 그림이 어디에 걸려 있는가에 따라 저마다 다른 의미로 완성된다. 웅장한 미술관에 걸린 그림과, 소박한 내 방 책상 위 벽 한쪽에 걸려 나를 내려다보고 있는 그림은, 그래서 같은 그림이라도 같은 그림이 아니다.

그렇듯 그의 그림 같은 글들은, 읽는 이마다 서로 다를 수밖에 없는 인생의 방 속에서, 오직 그 개인만이 이해할 수 있고 느낄 수 있는 의미로 다가온다. 그래서 이 책은, 한 점 한점 오려서 액자에 넣고 나만의 방 속에 걸어 놓고 봐도 좋을, 빛나는 화첩이다.

옮긴이 | 서혜영

서강대학교 국어국문학과를 졸업하고, 한양대학교 일어일문학과 박사과정을 마쳤다. 현재 전문 일한 번역, 통역가로 활동 중이다. 옮긴 책으로 『서른 넘어 함박눈』 『고독한 밤의 코코아』 『춘정 문어발』 『열심히 하지 않습니다』 『밤은 짧아 걸어 아가씨야』 『토토의 눈물』 『토토의 희망』 『떠나보내는 길 위에서』 『태양은 움직이지 않는다』 『반딧불이의 무덤』 『사라진 이틀』 『보리밭기 쿠체』 『모리사키 서점의 나날들』 『한심한 나는 하늘을 보았다』 『명탐정 홈즈걸』 『하노이의 탑』 등이 있다.

그렇게는 안 되지

초판 1쇄 발행 2017년 2월 15일

지은이 사노 요코
옮긴이 서혜영

펴낸곳 서커스출판상회
주소 서울 마포구 월드컵북로 400 5층 24호(상암동, 문화콘텐츠센터)
전화번호 02-3153-1311
팩스 02-3153-2903
전자우편 rigolo@hanmail.net
출판등록 2015년 1월 2일(제2015-000002호)

ISBN 979-11-87295-01-3 03830